BLUME DER NACHT

Die Südwest-Bibliothek

Herausgegeben von
Kurt Seeberger

HANSJÖRG SCHMITTHENNER

Blume der Nacht

Traum und Wirklichkeit
der Romantik

SÜDWEST VERLAG MÜNCHEN

BILDNACHWEIS

Albertina, Wien, S. 171
Archiv für Kunst und Geschichte, Berlin, S. 172, 189
Behnhaus, Lübeck, Foto W. Castelli, S. 169
Bildarchiv F. Bruckmann, München, S. 33, 34, 53, 94, 96
Folkwang Museum, Essen, S. 131
Bildarchiv Foto Marburg, S. 149, 190, 191, 192
Hamburger Kunsthalle, S. 55, 56, 73
Sammlung Georg Schäfer, Schweinfurt, S. 151
Staatl. Museen der Stiftung Preuß. Kulturbesitz Berlin, Foto W. Steinkopf, S. 150
Staatsbibliothek Berlin, Bildarchiv Handke, S. 54, 76, 95, 129, 132, 152
Ullstein Bilderdienst, Berlin, S. 35, 93, 130
Sammlung Dr. A. Winterstein, München, S. 170

Schutzumschlag Roger Seitz
Gesamtherstellung Ebner, Ulm

INHALT

TRAUM UND WIRKLICHKEIT DER ROMANTIK

ANTHOLOGIE

VORWORT

Wahrscheinlich sind die meisten von uns Romantiker; nur wenige allerdings geben es zu. Das liegt am Charakter der Zeitläufte. In unserem Jahrhundert, das stolz darauf ist, keine Gefühle zu haben, zählen angeblich nur Tatsachen. Empfindsamkeit gilt infolgedessen als Schwäche. In der Tat ist Sensibilität dem Lebenskampf nicht förderlich. Aus diesem Grunde scheut man davor zurück, sich zum Romantischen zu bekennen.

Das vorliegende Buch ist eine Ehrenrettung des Romantischen. Indem es die Gemütsverfassung und Welt-Anschauung jener Epoche, die man die romantische nennt, darstellt, beschwört es eine der fruchtbarsten Zeiten unserer Geschichte. Der Leser wird einen Traum erleben, der die Welt verklärt. Es war einmal.

Es war einmal? Der Leser wird außerdem erfahren, daß das romantische Lebensgefühl nicht auf eine bestimmte Epoche beschränkt ist. Es handelt sich vielmehr um ein Urphänomen, das immer wieder in Erscheinung tritt. Vermutlich werden wir bald eine neue Romantik erleben. In der Kunst hat sie wohl schon begonnen. Die Sympathien, die man seit langem den „naiven Malern“ entgegenbringt, sind erste Zeichen dafür, daß das Romantische wiederkehrt.

Die Romantik ist eine Epoche der raffiniertesten Naivität. Da kein Mensch Wert darauf legt, für naiv zu gelten, will sich gegenwärtig kaum jemand als Romantiker zu erkennen geben. Das ändert nichts daran, daß die Epoche der Romantik durch einen Aufruhr der Gefühle gekennzeichnet ist, der von Dichtern, Musikern und Malern auf schwärmerische Weise Besitz ergriff. Nie hat es in Deutschland soviele glänzende und zugleich dunkle Genialitäten gegeben. Sie waren gekommen, die Welt zu verwandeln. Was sie wollten, hat einer ihrer Größten, Novalis, mit wenigen Worten ausgedrückt, die so abgefaßt sind, daß sie das gesamte „Programm“ der romantischen Bewegung wiedergeben: „Die Welt muß romantisiert werden. So findet man den ursprünglichen Sinn wieder.“

Den „ursprünglichen Sinn“ wieder zu finden, war ihre Hoffnung. Hier kommt der Protest zum Ausdruck, den die Romantik um das Jahr 1800 gegen die überlieferte Welt erhebt. Denn nichts anderes als diese erstarrte, kulissenhafte, klischeehafte Welt wollte sie ändern, um den Sinn zu enthüllen. Zugleich richtete sich die Romantik gegen das Überkommene, an das man sich so gewöhnt hatte, daß es keine Beachtung mehr fand. Aus diesem Grunde fährt Novalis fort:

„Indem ich dem Gemeinen einen hohen Sinn, dem Gewöhnlichen ein geheimnisvolles Ansehn, dem Bekannten die Würde des Unbekannten, dem Endlichen einen unendlichen Schein gebe, so romantisiere ich es.“

Mit anderen Worten: die Welt „romantisieren“ bedeutet, hinter dem sogenannten Alltäglichen das Eigentliche, Geheimnisvolle zu erkennen. Es handelt sich um eine Neuentdeckung der Welt. Unsere Romantiker brauchen sich also nicht zu scheuen. Sie haben ein Recht darauf, romantisch zu fühlen und romantisch zu sehen. Dieses Buch wird sie rechtfertigen.

Der Herausgeber

TRAUM UND WIRKLICHKEIT DER ROMANTIK

„Denn es wird doch immer der wesentliche Charakter des Romantischen bleiben, daß die Abgeschlossenheit fehlt und daß immer noch auf ein Weiteres, auf ein Fortschreiten gedeutet wird."

Carl Gustav Carus

„Die neue Zeit kündigt sich an – als eine schnellfüßige, sohlenbeflügelte. Die Morgenröte hat Siebenmeilenstiefel angezogen. Lange hat es gewetterleuchtet am Horizont der Poesie – in eine mächtige Wolke war alle Gewitterkraft des Himmels zusammengedrängt, jetzt donnerte sie mächtig, jetzt schien sie sich zu verziehen und blitzte nur aus der Ferne, um bald desto schrecklicher wiederzukehren, bald aber wird nicht mehr von einem einzelnen Gewitter die Rede sein, sondern es wird der ganze Himmel in einer Flamme brennen, und dann werden euch alle eure kleinen Blitzableiter nichts mehr helfen. Dann nimmt das neunzehnte Jahrhundert in der Tat seinen Anfang ..."

Mit diesen Worten, die wie Fanfaren klingen, meldet um 1798 in Deutschland eine Schar junger Männer – Dichter, Maler und Philosophen – ihren Eintritt in die Geschichte an. Der Wortführer dieser neuen Generation Zwanzig- bis Dreißigjähriger ist Friedrich Schlegel. Von ihm stammen auch die oben zitierten Sätze, die das Manifest einer Revolution sind. Aber während die Französische Revolution, die zehn Jahre zuvor Europa erschüttert hatte und noch immer die europäischen Völker in Atem hielt, von Anfang an auf den Umsturz der äußeren Verhältnisse losgegangen war, zielte die Revolution jener Männer, die sich in Jena um Friedrich Schlegel und seinen Bruder August Wilhelm Schlegel sammelten, ausschließlich auf eine Veränderung innerhalb der geistigen Welt. Freilich, so betont poetisch-ästhetische Probleme zunächst im Mittelpunkt ihres Programms standen, in Wahrheit ging es auch ihnen um eine Erneuerung und Umwälzung des ganzen Daseins in allen Bereichen – sei es Kunst, Wissenschaft, Philosophie, Staatslehre oder Gesellschaftsordnung. Ihre Weltanschauung bezeichneten sie als die „romantische", ihr Ziel war, die Welt zu „romantisieren", und so erhielten sie selbst den Namen „die Romantiker".

Die Lebensauffassung der Romantiker gründet sich auf die Überzeugung, daß Gefühl, Empfindung und Ahnung näher an die Wahrheit führen und tiefer in das Geheimnis des Daseins dringen als der nüchterne, logische Verstand. Mit diesem Glauben verbanden sie die Sehnsucht und das Bemühen, durch Versenkung in das eigene Innere und durch schöpferischen Rausch mit dem Unendlichen und Ewigen unmittelbar eins zu werden.

Romantische Lebensauffassung als eine der Möglichkeiten des Menschen, sich der Welt gegenüber zu verhalten

Romantisches Lebensgefühl ist eine Geisteshaltung. Sie ist dem Menschen neben vielen anderen Möglichkeiten, sich der Welt gegenüber zu verhalten, eingeboren. Daher trifft man in der Geschichte auch immer wieder auf Erscheinungen, die der romantischen Epoche ähnlich oder verwandt sind – seien es die chthonischen Kulte der Antike, die mystischen Strömungen im mittelalterlichen Christentum, im Buddhismus oder Islam oder in den sogenannten primitiven Kulturen, nicht zuletzt in unserer eigenen Frühzeit, ganz abgesehen von den Vorstufen der Romantik, die im Barock, im Zeitalter der Empfindsamkeit und im Sturm und Drang zu finden sind. Um die Wende vom 18. zum 19. Jahrhundert hat nun jene Geisteshaltung, die sich selbst die romantische nannte, für drei Jahrzehnte so bestimmend auf die europäische Geschichte eingewirkt, daß bis heute dieser ganze Zeitabschnitt unter dem Begriff „Romantik" klassifiziert wird.

Die Romantik war eine allgemein europäische Epoche, ihre Blüte erreichte sie jedoch in Deutschland – sowohl in den gedanklichen Entwürfen, mit denen die deutschen Romantiker „das Gewohnte durch Möglichkeiten erschütterten" (Ludwig Marcuse), als auch in ihren künstlerischen Äußerungen. Die deutsche Romantik wiederum fand ihre reinste Ausprägung und ihre umfassendste Verwirklichung – womit die Bedeutung der romantischen Musik und Malerei nicht in Frage gestellt werden

soll – in der *Poesie*, die von Anfang an im Mittelpunkt des romantischen Weltbildes stand:
„Sie ist die umfassendste und vielseitigste von allen Künsten" (A. W. Schlegel).
Darum auch wurden die Gedichte der deutschen Romantik, die zu den schönsten und melodischsten unserer Sprache gehören, zur Grundlage dieses Buches und dieser Darstellung gemacht. Nirgends sonst sind die Empfindungen, die geistigen Entdeckungen und die ästhetischen Theorien der Romantik so gleichsam seismographisch aufgezeichnet worden wie im Gedicht. Ja, selbst die einzelnen Phasen der deutschen Romantik haben im Gedicht ihren Niederschlag gefunden.

Woher stammt das Wort „romantisch"?

Im 17. Jahrhundert – im Zeitalter der Aufklärung, das die Ratio, den Verstand, und das Nützlichkeitsdenken über alles andere stellte – tauchte in England zum erstenmal das Wort *romantic*, das heißt „wie in einem Roman", auf, und zwar in einem abfälligen, tadelnden Sinn. Das Wort war von *romant* (Roman) abgeleitet worden, einer ganz bestimmten Gattung des Romans, die damals überall in Europa kursierte. In diesen Romanen wurden mit gefühlsüberladenem Pathos und sentimentaler Schwärmerei heroisch-galante Liebes- und Heldengeschichten, auch „Wundergeschichten" genannt, erzählt. Mit der Bezeichnung *romantic* (engl., romantisch) sollte während der Aufklärung alles, was dem geforderten nüchternen Zeitgeist widersprach – alles Gefühlte und Empfindsame und alles, was auf Irrationales zielte oder ins Phantastische ausschweifte –, abgetan und lächerlich gemacht werden.
Als im Laufe des 18. Jahrhunderts dann nicht nur in England, sondern auch im übrigen Europa immer heftigere Reaktionen gegen die Aufklärung einsetzten, verlor das Wort „romantisch" unversehens seine abwertende Bedeutung. Nun wurde alles, was man der Verstandesgläubigkeit entgegensetzte – eben Gefühl, Empfindung, Ursprünglichkeit, Natur und Phantasie – gera-

dezu provozierend als „romantisch“ bezeichnet, um dadurch die neuen Werte und Wahrheiten nachdrücklich zu unterstreichen. In Deutschland begann man das Wort „romantisch“ in diesem positiven Sinn um die Mitte des 18. Jahrhunderts zu gebrauchen. Wie es dann allerdings dazu kam, daß am Ende des Jahrhunderts die Anhänger einer neuen geistigen Bewegung das Wort „romantisch“ – statt die ebenfalls von ihnen diskutierten Bezeichnungen „transzendental“ oder „interessant“ – zum Sammelbegriff, zum Signum ihrer revolutionären Ideen machten, ist bis heute noch nicht endgültig geklärt. Wahrscheinlich fiel die Entscheidung in Gesprächen zwischen Friedrich Schlegel, dem führenden Theoretiker der Romantik, und dem Dichter Friedrich von Hardenberg, der sich Novalis nannte.

Welches Programm wurde seit 1798 in Deutschland unter dem Begriff „romantisch“ verstanden?

1798 gibt Friedrich Schlegel in der Zeitschrift „Athenäum“ eine grundlegende Definition des Romantischen:
„Die romantische Poesie ist eine progressive Universalpoesie. Ihre Bestimmung ist nicht bloß, alle getrennten Gattungen der Poesie wieder zu vereinigen und die Poesie mit der Philosophie und Rhetorik in Berührung zu setzen. Sie will und soll auch Poesie und Prosa, Genialität und Kritik, Kunstpoesie und Naturpoesie bald mischen, bald verschmelzen, die Poesie lebendig und gesellig und das Leben und die Gesellschaft poetisch machen, den Witz poetisieren und die Formen der Kunst mit gediegenem Bildungsstoff jeder Art anfüllen und sättigen und durch die Schwingungen des Humors beseelen. Sie umfaßt alles, was nur poetisch ist – bis zu dem Seufzer, dem Kuß, den das dichtende Kind aushaucht in kunstlosen Gesang. – Nur sie kann gleich dem Epos ein Spiegel der ganzen umgebenden Welt, ein Bild des Zeitalters werden. Und doch kann auch sie am meisten zwischen dem Dargestellten und dem Darstellenden, frei von allem realen und idealen Interesse, auf den Flügeln der

poetischen Reflexion in der Mitte schweben, diese Reflexion immer wieder potenzieren und wie in einer endlosen Reihe von Spiegeln vervielfachen. – Die romantische Dichtart ist noch im Werden; ja das ist ihr eigentliches Wesen, daß sie ewig nur werden, nie vollendet sein kann. Sie kann durch keine Theorie erschöpft werden, und nur eine divinatorische Kritik dürfte es wagen, ihr Ideal charakterisieren zu wollen. Sie allein ist unendlich, wie sie allein frei ist, und das als ihr erstes Gesetz anerkennt, daß die Willkür des Dichters kein Gesetz über sich leide. Die romantische Dichtart ist die einzige, die mehr als Art, und gleichsam die Dichtkunst selbst ist: Denn in einem gewissen Sinn ist oder soll alle Poesie romantisch sein."

Etwa zur gleichen Zeit schrieb Novalis:

„Die Welt muß romantisiert werden. So findet man den ursprünglichen Sinn wieder. Romantisieren ist nichts als eine qualitative Potenzierung – indem ich dem Gemeinen einen hohen Sinn, dem Gewöhnlichen ein geheimnisvolles Ansehen, dem Bekannten die Würde des Unbekannten, dem Endlichen einen unendlichen Schein gebe, so romantisiere ich es ..."

Mag auch der eine oder andere Gedanke dieser Äußerungen erst im folgenden ganz verständlich werden, so müssen die beiden Zitate doch an dieser Stelle stehen, denn sie sind Grundsatzerklärungen der deutschen Romantik, auf die sich von nun an ihre Anhänger – sei es bei der Entwicklung theoretischer Gedanken, sei es bei der formalen Abfassung ihrer Werke – bezogen. Friedrich Schlegels Satz: „Sie (die romantische Poesie) allein ist unendlich, wie sie allein frei ist, und das als ihr erstes Gesetz anerkennt, daß die Willkür des Dichters kein Gesetz über sich leide" war zugleich auch eine brüske Absage der Romantiker an die klassischen Ideale von Maß und Beschränkung, die die Zeit und die zeitgenössische Kunstauffassung beherrschten. Mit diesen Worten waren die Schranken der Zeit eingerissen und der Weg aus einer Welt gewiesen, die den Romantikern erstarrt, morsch und modrig erschien. Eine Begeisterung ohnegleichen ergriff die kleine Schar der Romantiker. Wie ein Sturm weht durch Friedrich Schlegels Gedicht „Im Walde" der schöpferische Rausch jener Tage und die Ahnung einer neuen, kommenden Welt.

IM WALDE

Windes Rauschen, Gottes Flügel,
Tief in kühler Waldesnacht;
Wie der Held in Rosses Bügel,
Schwingt sich des Gedankens Macht.
Wie die alten Tannen sausen,
Hört man Geistes Wogen brausen.

Herrlich ist der Flamme Leuchten
In des Morgenglanzes Rot,
Oder die das Feld befeuchten,
Blitze, schwanger oft von Tod.
Rasch die Flamme zuckt und lodert,
Wie zu Gott hinaufgefodert.

Ewigs Rauschen sanfter Quellen,
Zaubert Blumen aus dem Schmerz;
Trauer, doch in linden Wellen,
Schlägt uns lockend an das Herz;
Fernab hin der Geist gezogen,
Die uns locken, durch die Wogen.

Drang des Lebens aus der Hülle,
Kampf der starken Triebe wild,
Wird zur schönsten Liebesfülle,
Durch des Geistes Hauch gestillt.
Schöpferischer Lüfte Wehen
Fühlt man durch die Seele gehen.

Windes Rauschen, Gottes Flügel,
Tief in dunkler Waldesnacht!
Frei gegeben alle Zügel,
Schwingt sich des Gedankens Macht,
Hört in Lüften ohne Grausen
Den Gesang der Geister brausen.

Friedrich Schlegel

Über die Unzulänglichkeit jeder historischen Darstellung, insbesondere einer Darstellung der Romantik

Keine geistige Erscheinung einer Zeit kann losgelöst von den übrigen zeitgenössischen Phänomenen – Gesellschaftsordnung, Religion, Philosophie, Naturwissenschaften, Kunst, Politik und anderen – betrachtet werden. Alles wirkt wechselseitig aufeinander ein, durchdringt sich gegenseitig und hängt voneinander ab. Hier stoßen wir auf die Frage von Ursache und Wirkung im Zusammenhang mit großen geschichtlichen Wandlungen.

Werden Ideen, die eine neue Epoche heraufführen, durch gesellschaftliche und wirtschaftliche Zustände provoziert, oder tauchen sie, unabhängig von allem Gegenwärtigen und Gewesenen, in einzelnen Menschen auf, die dann von sich aus mittelbar oder unmittelbar die Welt umzugestalten beginnen? Sicher handelt es sich bei Strukturveränderungen einer Zeit immer um eine unendliche Reihe von Wechselwirkungen zwischen äußeren und inneren Gegebenheiten der verschiedensten Art. Darum werden sich geschichtliche Umwälzungen wahrscheinlich für immer einer vollständigen Analyse entziehen. Deshalb gerät auch, wer Geschichte darstellen will, so leicht in eine willkürliche Darstellung, weil er aus dem breiten Spektrum von Tatsachen, die in ihren Zusammenhängen nicht zu überblicken sind, stets jene Fakten herauslösen wird, die seine persönliche These der Vorgänge belegen. Jeder Versuch, wie auch der vorliegende, historische Ereignisse darzustellen, muß deshalb zwangsläufig subjektiv bleiben.

Kaum eine andere Epoche ist der Gefahr bruchstückhafter und willkürlicher Darstellung so ausgesetzt wie die Romantik. Die Romantiker selbst haben durch ihre schillernden und widersprüchlichen Äußerungen viel zu der Verwirrung beigetragen, in der sich die Literaturwissenschaft diesem geistesgeschichtlichen Abschnitt gegenüber immer noch befindet. Romano Guardini äußerte einmal:

„Beschäftigt man sich mit der Erscheinung, die Romantik heißt, näher und bekommt das Proteushafte zu spüren, das ihren Äußerungen anhaftet, dann drängt sich der Gedanke auf, ob sie sich nicht der Frage nach dem Wesen grundsätzlich entzieht."

Wodurch entstand im letzten Jahrzehnt des 18. Jahrhunderts jene Unruhe,
jenes Bedürfnis nach einem neuen Lebensgefühl,
welches das Denken, die Kunst und die Gesellschaft gleichermaßen verändern sollte?

Immanuel Kant (1724–1804)

Mit Immanuel Kant, dem „Alleszermalmer", begann ein neuer Abschnitt in der Geistesgeschichte des Abendlandes. Kant hatte unwiderruflich nachgewiesen, daß jede menschliche Erkenntnis subjektiv ist, weil der Mensch sich einzig und allein über seine Sinnesorgane und über die Konstruktion seines Denkapparates mit der Außenwelt in Verbindung zu setzen beziehungsweise sich mit ihr auseinanderzusetzen vermag. Der Mensch kann also, folgert Kant, nur über die Dinge, wie sie ihm erscheinen, etwas aussagen und nie über „das Ding an sich", das unerkennbar hinter der Erscheinung verborgen bleibt.

Mit dieser Einsicht waren für immer alle Hoffnungen und Meinungen ad absurdum geführt, je etwas über eine Gottheit und ihre Ziele, über den Sinn der Welt und die Aufgabe des Menschen in Erfahrung bringen zu können. Damit war von Kant eine Entwicklung zu ihrem Höhepunkt und Abschluß geführt worden, die in der Renaissance begonnen hatte, als der Mensch sich von seiner betonten Bindung an ein Jenseits löste und wieder mehr dem Diesseits zuwandte – als er, um seine Aufgaben in der Welt zu bewältigen, die lange vernachlässigte Verbindung von Erfahrung und Denken wiederherstellte. Kant befreite mit seinen Erkenntnissen den Menschen endgültig von allen metaphysischen Spekulationen und religiösen Bevormun-

dungen, stellte ihn ausschließlich unter die Verantwortung der eigenen Vernunft und machte ihn damit gleichsam mündig.
Diesem ganz auf sich selbst zurückgeworfenen Menschen, dessen Leben bis dahin von göttlichen Geboten bestimmt gewesen war, versuchte Kant als Ersatz für den verlorenen Halt eine neue Metaphysik zu geben. In den Mittelpunkt seiner Wertordnung stellte er ein im Menschen existierendes moralisches Gesetz. Dieses Gesetz, behauptete er, erkenne der Mensch kraft eines ihm angeborenen Gefühls, das instinktiv Gut und Böse zu unterscheiden vermöge. Sinn und Aufgabe des menschlichen Daseins sah Kant in der Erfüllung dieses moralischen Gesetzes.
So aktuell und gültig der erkenntniskritische Teil der Philosophie Kants bis heute auch geblieben ist, so unzureichend war sein Versuch, eine neue Metaphysik aufzubauen. Die europäische Philosophie seit Kant – von der deutschen Klassik und Romantik, über Hegel, Marx und Nietzsche bis zu den heutigen philosophischen Entwürfen – ist ein einziges Bemühen, den Menschen vor dem Sturz in jenes Nichts zu bewahren, dessen Abgrund Kant sichtbar gemacht hat.

Johann Gottlieb Fichte (1762–1814)

Johann Gottlieb Fichte versuchte, die seit Kant in Wahrheit offengebliebene Frage nach dem Sinn und der Aufgabe des Menschen zu beantworten, indem er das Ich zum Mittelpunkt des Daseins machte:
„Erst durch das Ich kommt Ordnung und Harmonie in die tote, formlose Masse. Allein vom Menschen aus verbreitet sich Regelmäßigkeit rund um ihn herum bis an die Grenze seiner Beobachtung – und wie er diese weiter vorrückt, wird Ordnung und Harmonie vorgerückt. Durch seine Beobachtung falten sich die Weltkörper zusammen und werden nur *ein* organisierter Körper; durch sie drehen die Sonnen sich in ihren angewiesenen Bahnen. Durch das Ich steht die ungeheure Stufenfolge da von der Flechte bis zum Seraph; in ihm ist das System der ganzen Geisterwelt, und der Mensch erwartet mit Recht, daß das Gesetz, das er sich und ihr gibt, für sie gelten müsse; er erwartet

mit Recht die einstige allgemeine Anerkennung desselben. Im Ich liegt das Unterpfand, daß von ihm aus ins Unendliche Ordnung und Harmonie sich verbreiten werde, wo noch jetzt keine ist; daß mit der fortrückenden Kultur des Menschen zugleich die Kultur des Weltalls fortrücken werde. – Was euch tot scheint, ist seine Reife für ein höheres Leben – in jedem Moment seiner Existenz reißt er etwas Neues außer sich in seinen Kreis mit fort, bis er alles in denselben verschlinge: bis alle Materie das Gepräge seiner Einwirkung trage und alle Geister mit seinem Geist *einen* Geist ausmachen. – Das ist der Mensch; das ist jeder, der sich sagen kann, ich bin Mensch. Sollte er nicht eine heilige Ehrfurcht vor sich selbst tragen und schaudern und erbeben vor seiner eigenen Majestät? ..."
Fichte stellte also das Ich, das nicht nur äußerlich mit den zur Erkenntnis untauglichen Sinnen erkannt, sondern auch unabhängig von allen Sinneserfahrungen innerlich erlebt wird, an die erste Stelle, und von diesem Ich des Menschen ausgehend nannte er die ganze übrige Welt – alles außer dem Menschen Existierende – das „Nicht-Ich". Dieses Nicht-Ich wird in seiner Definition zum Geschöpf des Ichs erklärt. Auch in einem Sonett hat Fichte diese Schöpferkraft des Ichs verherrlicht: „... *ist* in meinem Sein das ewig Eine / *Lebt* in mir Leben, *sieht* in meinem Sehen."

SONETT

Was meinem Auge diese Kraft gegeben,
Daß alle Mißgestalt ihm ist zerronnen,
Daß ihm die Nächte werden heitre Sonnen,
Unordnung Ordnung, und Verwesung Leben?

Was durch die Zeit, des Raums verworrnes Weben
Mich sicher leitet hin zum ewgen Bronnen
Des Wahren, Guten, Schönen und der Wonnen,
Und ihm vernichtend eintaucht all mein Streben?

Das ists! Seit in Uraniens Aug, die tiefe,
Sich selber klare, blaue, stille, reine
Lichtflamm, ich selber still hineingesehen:

Seitdem blieb dieses Aug mir in der Tiefe,
Und ist in meinem Sein das ewig Eine,
Lebt in mir Leben, sieht in meinem Sehen.

Johann Gottlieb Fichte

Die Lehre Fichtes wurde von den Romantikern auf ihrer Suche nach dem Sinn der Welt begeistert aufgenommen. In Fichtes Philosophie findet sich der Keim für den schrankenlosen *Subjektivismus,* dem sich die Jenaer Romantiker hingaben. Die Definition des Romantischen von Friedrich Schlegel (S. 14) lebt ganz aus dem Geist Fichtes. Vor allem der Satz „daß die Willkür des Dichters kein Gesetz über sich leide" ist ohne Fichte nicht denkbar. An anderer Stelle erklärt Schlegel, nur *eine* Philosophie sei dem Dichter angemessen, nämlich die von Fichte, „die zeigt – wie der menschliche Geist sein Gesetz allem aufprägt und wie die Welt sein Kunstwerk ist". Also jeder Einzelne der Schöpfer eines Weltalls!

Die Wirkung Fichtes auf die Romantiker läßt sich auch aus den folgenden Zitaten ablesen: „Der Geist bedarf nichts als sich selbst – denn was ich als Welt erkenne, ist sein schönstes Werk, sein selbstgeschaffener Spiegel." – „In uns oder nirgends ist die Ewigkeit mit ihren Welten, die Vergangenheit und Zukunft. Die Außenwelt ist die Schattenwelt." – „Was ich will, das kann ich. Beim Menschen ist kein Ding unmöglich." (Novalis)

Die Künste, vor allem die Poesie, standen von Anfang an im Mittelpunkt der romantischen Weltanschauung. In seinen „Fragmenten" schreibt Novalis:

„Nur ein Künstler kann den Sinn des Lebens erraten." – „Der Poet versteht die Natur besser wie der wissenschaftliche Kopf." – „Der echte Dichter ist allwissend – er ist eine wirkliche Welt im kleinen." – „Dichter und Priester waren im Anfang eins, und nur spätere Zeiten haben sie getrennt. Der echte Dichter ist aber immer Priester, so wie der echte Priester immer Dichter geblieben. Und sollte nicht die Zukunft den alten Zustand der Dinge wieder herbeiführen?"

Friedrich Schlegels Satz „Der Buchstab ist der echte Zauberstab" erkennt dem Wort die Macht zu, das Unendliche, das auch in der kleinsten Erscheinung des Daseins eingeschlossen ist, zum Leben erwecken zu können. In poetischerem Ton wiederholt Eichendorff später den gleichen Gedanken.

WÜNSCHELRUTE

Schläft ein Lied in allen Dingen,
Die da träumen fort und fort,
Und die Welt hebt an zu singen,
Triffst du nur das Zauberwort.

Die *Romantik als radikale Gegenbewegung zur Aufklärung*

Nicht zuletzt erfüllten die Romantiker mit ihrer Auflehnung gegen alles Bisherige ein Gesetz, nach dem der Mensch – als einzelner oder als Gruppe –, wenn er geistig lebendig bleiben will, immer wieder sich selbst widersprechen muß. Nur so findet zwischen den entgegengesetzten Möglichkeiten des Daseins immer aufs neue ein Ausgleich statt. Auf das Zeitalter des Glaubens an den allmächtigen Verstand, auf die Zeit, in der jedes Tun allein vom Nutzen her gewertet wurde, folgte als radikale Gegenbewegung die Romantik. Mit Hilfe des Gefühls hielt sich der Mensch nun für fähig, die von Kant aufgezeigten Grenzen des Verstandes zu sprengen und sich in mystischem oder schöpferischem Rausch dem Unendlichen und Göttlichen zu nähern. Damit vollzog die Romantik jene geistige Umkehr, die sich schon seit Jahrzehnten angebahnt hatte, aber immer wieder in Ansätzen steckengeblieben war. Zu diesen früheren Versuchen, die oft unter dem Begriff „Vorromantik“ zusammengefaßt werden, zählt man unter anderem auch das Zeitalter der Empfindsamkeit und vor allem die Zeit des Sturm und Drang. Im Sturm und Drang verfaßte Goethe seinen Aufsatz „Von deutscher Baukunst“, einen Hymnus auf die Gotik des Straßburger Münsters und dessen Baumeister Erwin von Steinbach, schrieb er das mittelalterliche Ritterdrama „Götz von Berlichingen“ und den „Urfaust“, dessen Held an den Fähigkeiten des Verstandes verzweifelt und sich unmittelbarer mit den Mächten des Daseins zu verbinden begehrt. Damals auch sammelte er im Elsaß Volkslieder und dichtete in Versen, die den der Antike nachgebildeten und zu jener Zeit allgemein geübten Formen und Inhalten widersprachen, damals entdeckte er auch Shakespeare für sich. Mit all dem hatte er Tendenzen vorweggenommen, die Jahrzehnte später von den Romantikern wieder aufgegriffen und zu Hauptpunkten ihres Programms gemacht wurden – zu einer Zeit, als Goethe sein romantisches Ins-Unendliche-Schweifen und Keine-Grenzen-Anerkennen schon längst als eine Gefährdung seiner selbst und der menschlichen Gemeinschaft in sich unterdrückt hatte.

Die Beziehung der deutschen Romantik zur deutschen Klassik

Nach dem Vorbild der Griechen, denen der Mensch als das Maß aller Dinge galt, hatte Goethe die Selbstbeschränkung und die Verschmelzung von Sitte und Schönheit zum Ideal erhoben. Er bemühte sich, ein für alle verbindliches und ganz auf die menschliche Gesellschaft ausgerichtetes Leben zu führen. Mit seinem Tun und Denken zielte Goethe ausschließlich auf das Hier und Jetzt, und er sah im Handeln für dieses Hier und Jetzt seine wichtigste Aufgabe. Alle Fragen nach der Ursache und dem Sinn des Daseins lehnte er ab und damit auch jede Deutung des dem menschlichen Verstand Unzugänglichen und Unfaßbaren. Er behauptete einmal, nie über das Denken nachgedacht zu haben. Selbst bei seinen naturwissenschaftlichen Arbeiten stellte er nur das Verhältnis von Körpern oder von Kräften zueinander und untereinander fest. Mit dieser Lebenseinstellung hatte Goethe seiner eigenen Generation Halt und Richtung gegeben, aber der jüngeren, nach 1770 geborenen Generation genügte dieses Sichbescheiden, dieser „sanfte, edle Humanismus Goethes“ nicht mehr. Novalis schrieb:

„Goethe wird und muß übertroffen werden ... an Gehalt und Kraft, an Mannigfaltigkeit und Tiefsinn.“

Die Romantiker machten gerade auch jenen Teil des Daseins zu ihrer Domäne, den Goethes nahezu allumfassendes Wirken nicht mehr oder nur selten noch mit größter Behutsamkeit streifte: das Unbekannte, das jenseits der Menschenwelt existiert, und das Dunkle, das Unbewußte, das Dämonische, das im Menschen selbst waltet. Freilich sind Klassik und Romantik, die weite Strecken nebeneinander existierten, nicht eindeutig gegeneinander abzugrenzen. Ja, erst zusammen scheinen sie die ganze Fülle das Daseins zu umfassen – das Geordnete und Gebändigte ebenso wie das Schweifende und jede Grenze Überspringende. Deshalb fassen auch manche Literarhistoriker Klassik und Romantik unter dem größeren Begriff einer klassisch-romantischen Epoche zusammen. Selbst darüber, welche Dichter, Maler oder Musiker als Romantiker, welche als Klassiker zu bezeichnen sind, besteht bis heute keine völlige Übereinstimmung. Bei vielen Klassikern finden sich romantische Züge, gerade auch bei Goethe: Nicht nur seine Gedichte im Volksliedton oder seine Balladen, die zur Romantik hinführten und den größten Einfluß auf ihr Entstehen hatten, könnten in eine Anthologie romantischer Gedichte aufgenommen werden, sondern auch sein in den achtziger Jahren des 18. Jahrhunderts entstandenes Lied der Mignon.

MIGNON

Nur wer die Sehnsucht kennt,
Weiß, was ich leide!
Allein und abgetrennt
Von aller Freude,

Seh ich ans Firmament
Nach jener Seite.
Ach! der mich liebt und kennt,
Ist in der Weite.
Es schwindelt mir, es brennt
Mein Eingeweide.
Nur wer die Sehnsucht kennt,
Weiß, was ich leide!

Johann Wolfgang von Goethe

Andererseits kommen viele Romantiker, wie die Brüder Schlegel, von der Klassik her und können in ihren Werken diesen Ursprung auch nicht verleugnen. Es ist kein Zufall, daß die erste Zeitschrift der Romantiker „Athenäum" hieß, erst spätere Zeitschriften erhielten romantisch klingende Titel wie „Zeitung für Einsiedler" oder „Trösteinsamkeit". Manche von Goethes Dichtungen, vor allem den „Wilhelm Meister", setzten sich die Romantiker zum Vorbild und nahmen sie zum Ausgangspunkt für ihre Theorien. Goethe wiederum verfolgte, wenn auch mit wechselnder Intensität, Denken und Tun der Romantiker und nahm, oft in Diskussionen, mit Rat und Kritik an ihren Unternehmungen teil. So wurde zum Beispiel auf Goethes Schiedsspruch hin der Aufsatz von Novalis „Die Christenheit und Europa" nicht im „Athenäum" veröffentlicht. Davon, wie sehr die Romantik Goethe beschäftigte, zeugt nicht zuletzt die dunkle, vieldeutige Euphorionszene im „Faust II", in der Goethe im Kind von Faust, dem All-strebenden, und Helena, der klassischen Schönheit, die Frucht einer Verbindung aus romantischem und klassischem Geist darzustellen versuchte.

Kurzer historischer Abriß der Romantik

Die deutsche Romantik kann wie jede geistige Bewegung nicht genau datiert werden. Im allgemeinen wird ihr Beginn ins letzte Jahrzehnt des 18. Jahrhunderts gelegt, ihr Ende in die dreißiger Jahre des 19. Jahrhunderts. Die folgende Einteilung soll nur einer Orientierung dienen – je differenzierter die deutsche Romantik analysiert wird, desto mehr Einzelheiten treten in Erscheinung, die der Vereinfachung eines Schemas widersprechen.

I. *Die Frühromantik,* mit Jena als Mittelpunkt, wo sich um die Brüder Friedrich und August Wilhelm Schlegel ein Kreis von Dichtern, Philosophen und Malern sammelt, unter anderem die Dichter Ludwig Tieck, Novalis, die Philosophen Johann Gottlieb Fichte, Friedrich Schleiermacher, Friedrich Schelling und der Maler Philipp Otto Runge. Auch Frauen, vor allem Caroline Schlegel, die Tochter des Göttinger Orientalisten Michaelis, spielten im Jenaer Kreis eine bedeutende Rolle.
In der von den Brüdern Schlegel herausgegebenen und größtenteils selbst verfaßten Zeitschrift „Athenäum" (1798–1800) – „eine echte und rechte Revolutionszeitschrift" – wurden die Ziele und Ideen der Romantik entwickelt.

II. *Die Spätromantik,* deren bedeutendster Sammelpunkt Heidelberg war. Dort bildete sich um Achim von Arnim und Clemens Brentano ein Kreis von Romantikern, zu dem unter anderen gehörten: der Dichter Karl Thorbecke und die Dichterinnen Sophie Mereau, Bettina von Arnim, Karoline von Günderode, der Historiker und Schriftsteller Joseph Görres, der Philologe Georg Friedrich Creuzer und die Brüder Jacob und Wilhelm Grimm, Sprachforscher und Sammler von Märchen und Sagen. Joseph von Eichendorff wird häufig den Heidelberger Romantikern zugezählt.
Die Zeitschrift dieses Kreises gaben Achim von Arnim und Clemens Brentano unter dem Titel „Zeitung für Einsiedler" (1808) heraus.

Außerdem wird die deutsche Romantik noch in zwei landschaftlich bestimmte Kreise eingeteilt und zwar:

a) *die schwäbische Romantik,* zu der die Dichter Justinus Kerner, Karl Mayer, Ludwig Uhland, Gustav Schwab und Wilhelm Hauff gezählt werden, und

b) *die norddeutsche Romantik,* zu der die Dichter Zacharias Werner, Friedrich de la Motte-Fouqué, Karl Wilhelm Contessa, Adelbert von Chamisso und Max von Schenkendorf gehören. Weil Eichendorff hauptsächlich in Norddeutschland lebte, wird er meistens diesem Kreis zugerechnet.

Die Hauptphasen der Romantik lassen sich etwa folgendermaßen charakterisieren:

1. *Die Frühromantik* wird stark durch philosophische und ästhetische Spekulationen bestimmt. Die junge Bewegung brauchte für ihre Entwicklung denkerische Impulse. Auf Grund von Fichtes Lehre spielt während der Frühromantik der Subjektivismus – der Einzelne, sein Fühlen und Denken – die entscheidende Rolle. Diese Periode der Romantik ist vor allem universal und kosmopolitisch eingestellt.

2. In der *Spätromantik* verschiebt sich der Schwerpunkt von der allmächtigen Einzelseele zunächst auf die „dichtende“ Volksseele, die sich in der von Arnim und Brentano herausgegebenen Volksliedersammlung „Des Knaben Wunderhorn“ für die Romantiker offenbart hatte. Später werden in der Folge dieser Entwicklung, die großen alten Gemeinschaften „Nation“ und „Kirche“ neu entdeckt. Durch den Anschluß an diese Institutionen versuchten die Romantiker die beängstigende Einsamkeit, in die sie als Subjektivisten mit der Zeit immer mehr gerieten, zu überwinden. Im Gegensatz zum Theoretisieren und Philosophieren der Frühromantik ist die Spätromantik stärker von praktisch-wissenschaftlicher Tätigkeit (Literaturgeschichte, Kunstgeschichte, Sprachwissenschaft) und von politischer Aktivität (Freiheitskriege, Wiener Kongreß, Frankfurter Nationalversammlung) geprägt.

3. In ihrer *Endphase* schließlich wird die ursprüngliche revolutionär geplante und empfundene Romantik zur Trägerin der Restauration. Viele Romantiker treten zum katholischen Glauben über.

Vorweggenommene Romantik – Wilhelm Heinrich Wackenroder (1773–1798)

Nachdem im Vorangehenden die geistesgeschichtliche Situation, auf die die Romantiker trafen, dargestellt wurde, müssen wir uns nun die gesellschaftliche und politische Umwelt vergegenwärtigen, der sich die Romantiker bei ihrem Eintritt in die Geschichte gegenübergestellt sahen. Für junge, ehrgeizige Männer boten die Verhältnisse in Deutschland am Ende des 18. Jahrhunderts einen enttäuschenden Anblick. Kleinstaaterei und Kleinstädterei engten das Leben in jeder Beziehung ein. Politische Unsicherheit gefährdete ständig die Existenz des einzelnen. Und jenes biedere Bürgertum, von dem Goethe sagte, daß es kein anmutigeres Bild als den deutschen Mittelstand gebe, kam für die Verwirklichung hochfliegender Ideen, wie sie die jungen Romantiker erfüllten, nicht in Frage. Der Generation Goethes hatte Winckelmann (1717–1768) mit seiner Wiederentdeckung der Antike einen Weg aus den armseligen Zeitumständen gezeigt, und er war so gleichsam zum Vater der deutschen Klassik geworden. Den Romantikern aber genügten die strengen, klassisch-klassizistischen Normen nicht, um ihre weitausgreifenden und alle Grenzen sprengenden Gedanken und Empfindungen auszudrücken.

Viele Jahre, bevor die Ideen des Romantischen im „Athenäum“ proklamiert wurden, entdeckte ein junger Student der Rechte an der Universität von Erlangen, Wilhelm Heinrich Wackenroder, auf seinen Wanderungen durch die alten Städte Frankens voll Staunen und Ergriffenheit das deutsche christliche Mittelalter und seine Kunst, denen er sich viel unmittelbarer zugehörig fühlte als dem klassischen Altertum. In Nürnberg und Bamberg begegnete er einem Jahrhundert, in dem sich deutsches Wesen, vom Vorbild der Antike weder beeinflußt noch verfremdet, unverfälscht erhalten hatte. Mit der Wiederentdeckung dieser Welt glaubte Wackenroder den Weg zu einer eigenständigen „vaterländischen“ Zukunft gefunden zu haben. In den „Herzensergießungen eines kunstliebenden Klosterbruders“, die später von seinem Wandergefährten, dem Dichter Ludwig Tieck, herausgegeben wurden, hat er seine Erlebnisse aufgezeichnet. In dieser kleinen Schrift nahm Wackenroder das Wesen der Romantik in allen seinen charakteristischen Zügen vorweg – und zwar nicht theoretisch und in geistreicher Dialektik, wie viele Romantiker nach ihm, sondern in lebendigen Bildern und schwärmerischer Begeisterung. Die „Herzensergießungen" erschienen 1796. Als 1798 die erste Folge des „Athenäum" aufgelegt wurde, war Wackenroder, fünfundzwanzigjährig, bereits gestorben.

„Nürnberg!" – so beginnt das Kapitel „Ehrengedächtnis unseres ehrwürdigen Ahnherrn Albrecht Dürer" – „Nürnberg! du vormals weltberühmte Stadt! Wie gerne durchwanderte ich deine krummen Gassen; mit welcher kindlichen Liebe betrachtete ich deine altväterischen Häuser und Kirchen, denen die feste Spur von unsrer alten vaterländischen Kunst eingedrückt ist! Wie innig lieb ich die Bildungen jener Zeit, die eine so derbe, kräftige und wahre Sprache führen! Wie ziehen sie mich zurück in jenes graue Jahrhundert, da du, Nürnberg, die lebendig wimmelnde Schule der vaterländischen Kunst warst, und ein recht fruchtbarer, überfließender Kunstgeist in deinen Mauern lebte und webte: – da Meister Hans Sachs und Adam Kraft, der Bildhauer, und vor allem Albrecht Dürer mit seinem Freunde, Willibaldus Pirckheimer, und so viel andre hochgelobte Ehrenmänner noch lebten! Wie oft hab ich mich in jene Zeit zurückgewünscht! Wie oft ist sie in meinen Gedanken wieder von neuem vor mir hervorgegangen, wenn ich in deinen ehrwürdigen Büchersälen, Nürnberg, in einem engen Winkel, beim Dämmerlicht der kleinen, rundscheibigen Fenster saß, und über den Folianten des wackern Hans Sachs, oder über anderem alten, gelben, wurmgefressenen Papier brütete; oder wenn ich unter den kühnen Gewölben deiner düsteren Kirchen wandelte, wo der Tag durch buntbemalte Fenster all das Bildwerk und die Malereien der alten Zeit wunderbar beleuchtet! –

Aber jetzt wandelt mein trauernder Geist auf der geweiheten Stätte vor deinen Mauern, Nürnberg; auf dem Gottesacker, wo die Gebeine Albrecht Dürers ruhen, der einst die Zierde von Deutschland, ja von Europa war. Sie ruhen, von wenigen besucht, unter zahllosen Grabsteinen, deren jeder mit einem ehernen

Bildwerk, als dem Gepräge der alten Kunst, bezeichnet ist, und zwischen denen sich hohe Sonnenblumen in Menge erheben, welche den Gottesacker zu einem lieblichen Garten machen. So ruhen die vergessenen Gebeine unseres alten Albrecht Dürers, um dessentwillen es mir lieb ist, daß ich ein Deutscher bin."

In diesen Sätzen findet die spätere, allgemeine Hinwendung der Romantik zum „Vaterländischen" ihren ersten leidenschaftlichen Ausdruck.

Auf der Suche nach einer ihm entsprechenden Lebensart entdeckte Wackenroder, wie später alle Romantiker, dieses Eigene zunächst im deutschen Mittelalter. Aber nicht lange verweilten die Romantiker nur in den „krummen Gassen" und zwischen den „altväterischen Häusern und Kirchen" der alten deutschen Städte. Bald gingen sie über das „vaterländische" Mittelalter hinaus in tiefere Schichten der deutschen Vergangenheit zurück. Tieck entriß die Minnelieder der Vergessenheit und gab sie neu heraus, Görres „Die teutschen Volksbücher". Auch das Nibelungenlied wurde gleichsam neu entdeckt und wieder herausgebracht. Bei ihren Forschungen nach den ältesten Zeugnissen deutschen Wesens überschritten die Romantiker schließlich die Grenzen historisch datierbarer Zeit und begannen, die noch immer von Mund zu Mund weitergegebenen Volkslieder, Märchen und Sagen zu sammeln. Sie glaubten, in ihnen ihr eigenes Wesen tiefer zu erkennen und ließen sich von ihnen zu eigenen Werken – Märchen, Liedern, Balladen – inspirieren.

Was Wackenroder, von religiöser Kunstandacht ergriffen, in den folgenden Sätzen seines Dürer-Kapitels niederschreibt, entspricht bis in Einzelheiten der späteren Absage der Romantiker an das klassizistische Kunstideal der Zeit. Ihr Leitbild sahen sie im unmittelbaren, wahren Ausdruck der Seele. Sie stellten die *Bedeutung* der Dinge an die erste Stelle, und erst an die zweite deren *Erscheinung*.

Wackenroder schreibt, vor den Werken Albrecht Dürers stehend: „Ist es nicht, als wenn die Figuren in diesen deinen Bildern wirkliche Menschen wären, welche zusammen redeten? – Keiner ist mit halber Seele da, wie man es öfters bei sehr zierlichen Bildern neuerer Meister sagen möchte. – Kein Arm bewegt sich unnütz, oder bloß zum Augenspiel und zur Füllung des Raums. – Auch wird dir das, mein geliebter Albrecht Dürer, als ein grober Verstoß angerechnet, daß du deine Menschenfiguren nur so bequem nebeneinander hinstellst, ohne sie künstlich durcheinander zu verschränken, daß sie ein methodisches Gruppo bilden. Ich liebe dich in dieser deiner unbefangenen Einfalt, und hefte mein Auge unwillkürlich zuerst auf die *Seele* und *tiefe Bedeutung* deiner Menschen, ohne daß mir dergleichen Tadelsucht nur in den Sinn kommt. – Wehe muß ich rufen über unser Zeitalter, daß es die Kunst so bloß als ein leichtsinniges Spielwerk der Sinne übt, da sie doch wahrlich etwas sehr Ernsthaftes und Erhabenes ist. – Gesegnet sei mir deine goldene Zeit, Nürnberg! – die einzige Zeit, da Deutschland eine eigene, vaterländische Kunst zu haben sich rühmen konnte."

Die *Entdeckung romantischen Wesens in fremden Kulturen*

Die Begeisterung Wackenroders und der Romantiker für die vaterländische Kunst war eine Absage an den europäischen Klassizismus in jeder Form – und damit in der jahrhundertelangen Auseinandersetzung mit der Antike auch ein Sieg des germanischen Geistes, eine „germanische Renaissance". Trotzdem wurde weder das Weltbild der Antike noch das einer anderen Kultur von den Romantikern verworfen.
„Liegt Rom und Deutschland nicht auf einer Erde?" fragt Wackenroder in seiner Rede auf Dürer. Und an anderer Stelle schreibt er: „– Vergleichung ist ein gefährlicher Feind des Genusses; auch die höchste Schönheit der Kunst übt nur dann, wie sie soll, ihre volle Gewalt an uns aus, wenn unser Auge nicht zugleich seitwärts auf andere Schönheit blickt. Der Himmel hat seine Gaben unter die großen Künstler der Erde so verteilet, daß wir durchaus genötigt werden, vor einem jeglichen stille zu stehen, und jeglichem seinen Anteil unsrer Verehrung zu opfern.

Nicht bloß unter italienischem Himmel, unter majestätischen Kuppeln und korinthischen Säulen – auch unter Spitzgewölben, kraus verzierten Gebäuden und gotischen Türmen wächst wahre Kunst hervor."

In dieser universalen Gesinnung suchten die Romantiker bald über das Vaterländische hinaus – zunächst im naheliegenden europäischen Bereich – nach geistig Verwandtem und Gleichgestimmtem. Die Werke von Shakespeare, Dante, Calderon, Cervantes wurden mit neuen Augen betrachtet und als „romantische Dichtung" entdeckt. Aber auch an den Grenzen Europas machten die Romantiker nicht halt, sondern wandten sich den abgelegensten Kulturen zu.

„Im Orient müssen wir das höchste Romantische suchen" und: „Welch eine Quelle an Poesie könnte uns aus Indien fließen."

Alle Völker und Kulturen galten ihnen schließlich als Manifestationen ein und desselben Lichtstrahles, „der durch das mannigfaltig geschliffene Glas der Sinnlichkeit und der verschiedenen Zonen sich in tausenderlei Farben bricht."

August Wilhelm Schlegel, der sich vor allem als Übersetzer Shakespeares bis heute fortdauernden Ruhm erworben hat und der mit seinen „Vorlesungen über schöne Literatur und Kunst" gleichsam ein System romantischer Kunstauffassung ausbildete, hat in seinem Gedicht „An die südlichen Dichter" die ganze Begeisterung und Aneignungsleidenschaft jener Tage festgehalten.

AN DIE SÜDLICHEN DICHTER

Nehmt dies mein Blumenopfer, heilge Manen!
Wie Göttern biet ich euch die eignen Gaben.
Mit euch zu leben und den deutschen Ahnen,
Ist, was mir einzig das Gemüt kann laben.
Halb Römer, stammt ihr dennoch von Germanen:
So laßt mit deutscher Red euch denn begaben
Und heim euch führen an des Wohllauts Banden
Zu nördlichen aus südlich schönen Landen.

Friedrich von Schlegel. Nach einer Zeichnung von Auguste von Buttlar, gestochen von J. Axmann.

Karoline von Schlegel. Pastellgemälde von Friedrich August Tischbein.

August Wilhelm von Schlegel. Gemälde von Adolf von Hohneck.

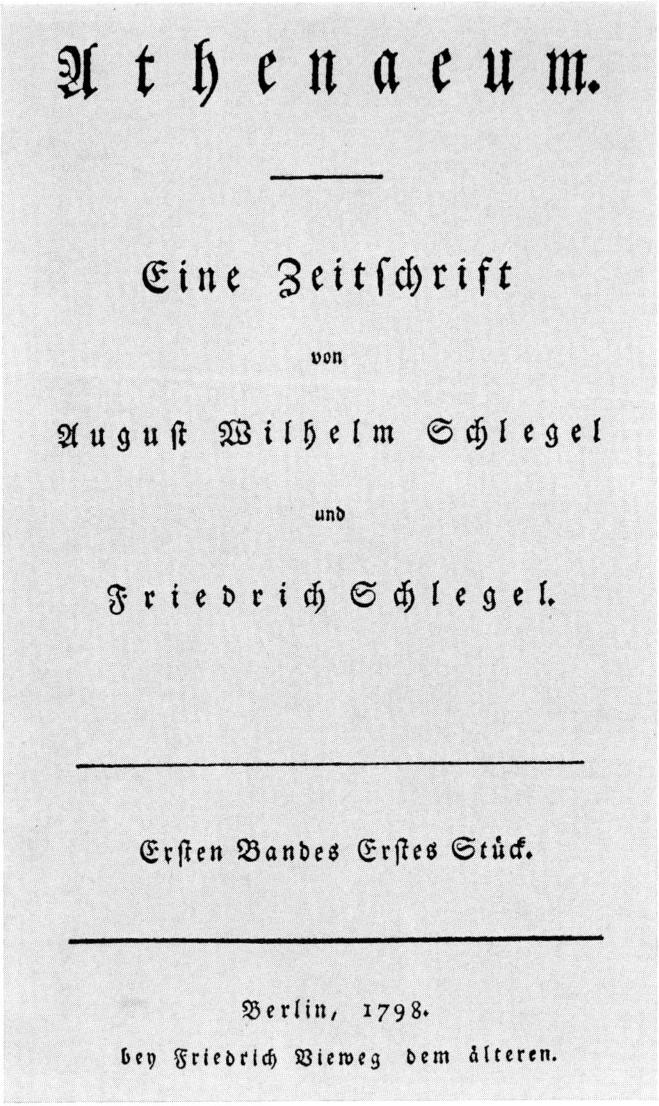

Athenaeum.

Eine Zeitschrift

von

August Wilhelm Schlegel

und

Friedrich Schlegel.

Ersten Bandes Erstes Stück.

Berlin, 1798.

bey Friedrich Vieweg dem älteren.

Titelseite der ersten Zeitschrift der Romantik.

Einst war Europa in den großen Zeiten
Ein Vaterland, dess Boden hehr entsprossen,
Was Edle kann in Tod und Leben leiten:
Ein Rittertum schuf Kämpfer zu Genossen,
Für Einen Glauben wollten Alle streiten,
Die Herzen waren Einer Lieb erschlossen;
Da war auch Eine Poesie erklungen,
In Einem Sinn, nur in verschiednen Zungen.

Nun ist der Vorzeit hohe Kraft zerronnen,
Nun wagt es, sie der Barbarei zu zeihen;
Sie haben enge Weisheit sich ersonnen,
Was Ohnmacht nicht begreift, sind Träumereien.
Doch mit unheiligem Gemüt begonnen,
Will nichts, was göttlich ist von Art, gedeihen.
Ach! diese Zeit hat Glauben nicht, noch Liebe:
Wo wäre denn die Hoffnung, die ihr bliebe?

Das echte Neue keimt nur aus dem Alten;
Vergangenheit muß unsre Zukunft gründen.
Mich soll die dumpfe Gegenwart nicht halten,
Euch, ewge Künstler, will ich mich verbünden.
Kann ich neu, was ihr schuft, und rein entfalten,
So darf auch ich die Morgenröte künden,
Und streun vor ihren Himmels-Heiligtumen
der Erde Liebkosungen, süße Blumen.

August Wilhelm Schlegel

In diesem Gedicht kommt zum Ausdruck, unter welch neuer Perspektive die Romantiker das alte Vergangene sahen. Herder interessierte bei seiner Sammlung „Volkslieder", die er 1778 herausgab und die später unter dem Titel „Stimmen der Völker in Liedern" erschien, „das Frühe, unwiederbringlich Vergangene oder noch in die Zeit Hineinragende" (Max Kommerell). Die Romantiker dagegen suchten „das Eigene, neu Hervorzurufende, den noch immer begeisternden Lebensmoment" (Kommerell), und vor allem leitete sie der Glaube: „Das echte Neue keimt nur aus dem Alten / Vergangenheit muß unsre Zukunft gründen." Auch aus Friedrich Schlegels „Gesang" spricht diese Überzeugung – der Glaube an einen neuen Frühling des Geistes, den die romantische Bewegung heraufführen wird, wenn sie nur erst kräftige Wurzeln in der „fernen Riesenzeit" geschlagen hat.

GESANG

Das sind die alten Klänge,
Helden- und Klagesänge
Aus ferner Riesenzeit.
Dem Liede muß gelingen,
Sie wieder uns zu bringen,
Der Retter ist nicht weit.
Der Frühling wird erstehen,
Es muß noch einst geschehen,
Was alles prophezeit.

Friedrich Schlegel

Und Jahre später, als die Brüder Boisserée – so wie die Brüder Grimm Volksmärchen, Arnim und Brentano Volkslieder – nun ihrerseits mittelalterliche Kirchenbilder und Kunstwerke sammelten, griff Max von Schenkendorf noch einmal das Thema auf, daß „an der Vorzeit frommem Strahl" sich die neue Zeit entflammen müsse.

DIE ALTDEUTSCHEN GEMÄLDE

Mir winkt ein alter schöner Saal,
Zwei Brüder haben ihn gebaut,
Da hab ich in dem reinsten Strahl
Mein Vaterland geschaut.

Das war in jener trüben Zeit
Ein holder stiller Wallfahrtsort,
Wo sich der Väter Herrlichkeit
Verbarg im sichern Port.

Der Märtyrer und Heilgen Schar,
Viel Helden Gottes treu und kühn,
Die zarten Frauen mild und klar,
Die für den Heiland glühn;

Manch Bild der allerreinsten Magd,
Wie Gottes Engel ihr erschien,
Bald wie sie um den Sohn geklagt,
Bald wie die Weisen knien;

Was frommer Fleiß und keusche Kunst
Gepflegt in alter deutscher Welt –
Ward hier nach Gottes Rat und Gunst
Gerettet aufgestellt.

Es kam wohl manches treue Herz
Und sah die lieben Bilder an,
Gesegnet sei der tiefe Schmerz,
Der da in ihm begann.

O Liebesbrunst zum Vaterland
Und zu der alten Heldenzeit,
Du bittre Lust und Gottes Hand
Habt uns vom Joch befreit.

Nun schauen wir euch anders an,
Ihr sprechet uns auch fröhlich zu,
Ihr Bilder, doch ein rechter Mann
Begehrt noch keine Ruh.

Ihr müsset erst an Künstler Hand
Durch unsre freien Länder gehn,

Man soll an keiner deutschen Wand
Mehr Heidenbilder sehn.

Ihr lieben Heilgen, kommt heraus
Und segnet uns, wir flehen euch,
Ihr holden Mägdlein, schmückt das Haus,
Ihr Ritter, schützt das Reich.

Du steh noch lange, Bildersaal,
Ihr Brüder, übet euer Amt,
Daß an der frommen Vorzeit Strahl
Sich manche Brust entflammt.

Max von Schenkendorf

Die romantische Sehnsucht und die romantische Melancholie

Bei Wackenroder klingen auch schon die beiden großen Themen der Romantik auf: Sehnsucht und Melancholie. Die *Sehnsucht* der Romantiker entspringt aus dem Verlangen, einer unvollkommenen Gegenwart zu entfliehen, aus der Hoffnung, eine verlorengegangene Wahrheit wiederzufinden, und aus der Leidenschaft, das Gefundene zu einem neuen Leben wiederzuerwecken. Die romantische Sehnsucht ist ein ergreifender, reiner Klang, solange sie wie bei den Frühromantikern auf klare Ziele gerichtet ist – zum Beispiel auf ein dem vaterländischen Mittelalter ebenbürtiges, nicht nachgeahmtes Dasein – und solange sie vom Glauben an das Erreichen dieser Ziele getragen wird. In der Frühromantik äußert sich das Sehnen nach einer vollkommenen Welt auch noch nicht mit dem Wort Sehnsucht, sondern die erstrebten Zukunftsbilder werden als bezaubernde Visionen oder beglückende Ahnungen erschaut.

Süße Ahndungsschauer gleiten
Über Fluß und Flur dahin,
Mondesstrahlen hold bereiten
Lager liebetrunknem Sinn.
Ach, wie ziehn, wie flüstern die Wogen,
Spiegelt in Wellen der Himmelsbogen.

Liebe in dem Firmamente
Unter uns in blanker Flut,
Zündet Sternglanz, keiner brennte,
Gäbe Liebe nicht den Mut:
Uns, vom Himmelsodem gefächelt,
Himmel und Wasser und Erde lächelt.

Mondschein liegt auf allen Blumen,
Alle Palmen schlummern schon,
In der Waldung Heiligtumen
Waltet, klingt der Liebe Ton:
Schlafend verkündigen alle Töne
Palmen und Blumen der Liebe Schöne.

Wilhelm Heinrich Wackenroder

In Friedrich Schlegels „Gesang" (S. 38) wurde die erstrebte Zukunft in der Form einer Prophezeiung vorgestellt. Achim von Arnims geheimnisvolles Gedicht „Der Pokal", in dem er eine fremde Menschenwelt irgendwo auf unserer Erde grüßt – oder meint er vielleicht die Bewohner eines fernen Planeten? – ist dagegen der Voraustraum eines vollendeten Daseins.

DER POKAL

Freunde, weihet den Pokal
Jener fremden Menschenwelt,
Die an gleichem Sonnenstrahl
Sich erhellt, gesellt, gefällt;

Glück den lieben Unbekannten,
Lichtgesandten, Herzverwandten,
Deren Augen übergehen,
Wenn sie in die Sonne sehen!

Achim von Arnim

Mit der Zeit freilich, als sich die meisten Pläne und Entwürfe nicht verwirklichten, mischte sich in das Verlangen der Romantiker, welches sich nun mit dem Wort Sehnsucht ausspricht, ein zunehmend schmerzlicher, ja verzehrender Ton. In einem Gedicht hat Ludwig Tieck diese romantische Sehnsucht wie ein Programm gestaltet.

SEHNSUCHT

Warum Schmachten?
Warum Sehnen?
Alle Tränen,
Ach! sie trachten
Weit nach Ferne,
Wo sie wähnen
Schönre Sterne.
Leise Lüfte
Wehen linde,
Durch die Klüfte
Blumendüfte.
Gesang im Winde,
Geisterscherzen,
Leichte Herzen!

Ach! ach! wie sehnt sich für und für,
O fremdes Land, mein Herz nach dir!
Werd ich dir nie näher kommen,
Da mein Sinn so zu dir steht?
Kommt kein Schifflein angeschwommen,
Das dann unter Segel geht?

Unentdeckte ferne Lande, –
Ach, mich halten ernste Bande,
Nur wenn Träume um mich dämmern,
Seh ich deine Ufer schimmern,
Seh von dorther mir was winken, –
Ist es Freund, ists Menschgestalt?
Schnell muß alles untersinken,
Rückwärts hält mich die Gewalt. –

Warum Schmachten?
Warum Sehnen?
Alle Tränen,
Ach! sie trachten
Nach der Ferne,
Wo sie wähnen
Schönre Sterne.

Um wieviel schwermütiger noch klingt der Ton der Sehnsucht in dem folgenden Gedicht Joseph von Eichendorffs.

DIE HEIMAT

Denkst du des Schlosses noch auf stiller Höh?
Das Horn lockt nächtlich dort, als ob's dich riefe,
Am Abgrund grast das Reh,
Es rauscht der Wald verwirrend aus der Tiefe –
O stille, wecke nicht, es war als schliefe
Da drunten ein unnennbar Weh.

Kennst du den Garten? – Wenn sich Lenz erneuert,
Geht dort ein Mädchen auf den kühlen Gängen
Still durch die Einsamkeit,
Und weckt den leisen Strom von Zauberklängen,
Als ob die Blumen und die Bäume sängen
Rings von der alten schönen Zeit.

Ihr Wipfel und ihr Bronnen, rauscht nur zu!
Wohin du auch in wilder Lust magst dringen,
Du findest nirgends Ruh,
Erreichen wird dich das geheime Singen, –
Ach, dieses Bannes zauberischen Ringen
Entfliehn wir nimmer, ich und du!

Als dann schließlich jede Hoffnung, das Ersehnte in irgendeiner Form noch erreichen zu können, begraben war, lebte die romantische Sehnsucht allein um ihrer selbst willen weiter. Sie war ästhetischer Selbstzweck geworden, oft ein fast eitler, modischer Ausdruck, den man wie ein musikalisches Motiv immer noch einmal variierte. So galt in der ausgehenden Romantik – vor allem in der sogenannten *Nachromantik*, die sich bis in den Beginn unseres Jahrhunderts hinein erstreckt – allein schon das Wort Sehnsucht, die Sehnsuchtsstimmung, als poetische Atmosphäre.

FLUCHT DER SINNE

Tracht ich nicht mit allen Sinnen,
Nur das Ferne zu gewinnen?
Irrend lauscht mir längst das Ohr,
Wenn vom Rasseln ferner Wagen
Laute sich herübertragen
Oder von der Glocken Chor.

Ach! und wie die offnen Augen
An dem Blau der Berge saugen!
Alles an mir will hinaus;
Alles mit dem Strom der Düfte
Strebt dahin ins Reich der Lüfte;
Selbst mein Geist ist nicht zu Haus!

Karl Mayer

Wie die Sehnsucht ist auch die *Melancholie* eine Grundstimmung der Romantik. Sie tritt nicht erst als Ausdruck spätromantischer Resignation in Erscheinung, sondern sie ist von Anfang an zu vernehmen. Sie entspringt der Erkenntnis, in der *Zeit* zu leben, aber die *Ewigkeit* zu wissen, und dem Wunsch, das *Unendliche* zu gestalten, aber nur *Zeit-* und *Raumbedingtes* zu schaffen. Die Melancholie, diese melodische Klage, die den Hintergrund fast aller romantischen Werke, vor allem der Gedichte, bildet, findet sich auch schon bei Wackenroder in den Sätzen, mit denen er seine begeisterte Lobpreisung Albrecht Dürers abschließt:
„Aber die schönen Zeitalter ziehen über die Erde hinweg und verschwinden, wie glänzende Wolken über das Gewölbe des Himmels wegziehen. Sie sind vorüber und ihrer wird nicht gedacht; nur wenige rufen sie aus innerer Liebe in ihr Gemüt zurück, aus bestäubten Büchern und bleibenden Werken der Kunst."
Ergreifend ist die melancholische Klage im romantischen Gedicht Joseph von Eichendorffs

DER PILGER

Man setzt uns auf die Schwelle,
Wir wissen nicht, woher?
Da glüht der Morgen helle,
Hinaus verlangt uns sehr.
Der Erde Klang und Bilder,
Tiefblaue Frühlingslust,
Verlockend wild und wilder,
Bewegen da die Brust.
Bald wird es rings so schwüle,
Die Welt eratmet kaum,
Berg, Schloß und Wälder kühle,
Stehn lautlos wie im Traum,
Und ein geheimes Grausen
Beschleichet unsern Sinn:
Wir sehnen uns nach Hause
Und wissen nicht, wohin?

Wie geborgen fühlte sich noch der Frühromantiker Novalis, als er die Frage: „Wo gehn wir denn hin?“ mit „Immer nach Hause“ beantworten konnte. Die gleiche Melancholie wie in diesem Gedicht Eichendorffs, nur von einer anderen Melodie getragen, klagt auch aus Chamissos Gedicht „Das Schloß Boncourt“ (S. 196).
In Uhlands „Nächtliche Stimme“ aber hat sich die Melancholie in schauerliche Trauer und Klage verwandelt.

NÄCHTLICHE STIMME

Als ich nächtlich ging einmal,
Todesstille weit um mich,
Rief ich aus vor bittrer Qual:
Wer ist trauriger denn ich?

Aus der tiefsten Finsternis
Kam mir eine Stimme zu,
Die sich kaum vernehmen ließ:
Ich bin trauriger denn du.

Ludwig Uhland

Die romantische Anschauung über Natur und Kunst in Wackenroders Schrift: „Von zwei wunderbaren Sprachen und deren geheimnisvoller Kraft“

„Die Sprache der Worte ist eine große Gabe des Himmels, und es war eine ewige Wohltat des Schöpfers, daß er die Zunge des ersten Menschen löste, damit er alle Dinge, die der Höchste um ihn her in die Welt gesetzt, und alle geistigen Bilder, die er in seine Seele gelegt hatte, nennen und seinen Geist in dem mannigfaltigen Spiele mit diesem Reichtum von Namen üben konnte. Durch Worte herrschen wir über den ganzen Erdkreis;

durch Worte erhandeln wir uns mit leichter Mühe alle Schätze der Erde. Nur *das Unsichtbare,* das über uns schwebt, ziehen Worte nicht in unser Gemüt herab.

Ich kenne aber *zwei wunderbare Sprachen,* durch welche der Schöpfer den Menschen vergönnt hat, die himmlischen Dinge in ganzer Macht, soviel es nämlich (um nicht verwegen zu sprechen) sterblichen Geschöpfen möglich ist, zu fassen und zu begreifen. Sie kommen durch ganz andere Wege zu unserm Inneren als durch die Hülfe der Worte; sie bewegen *auf einmal,* auf eine wunderbare Weise, unser ganzes Wesen und drängen sich in jede Nerve und jeden Blutstropfen, der uns angehört. Die eine dieser wundervollen Sprachen redet nur *Gott;* die andere reden nur wenige Auserwählte unter den Menschen, die er zu seinen Lieblingen gesalbt hat. Ich meine: *die Natur* und *die Kunst.* –

Seit meiner frühen Jugend her, da ich den Gott der Menschen zuerst aus den uralten heiligen Büchern unserer Religion kennenlernte, war mir *die Natur* immer das gründlichste und deutlichste Erklärungsbuch über sein Wesen und seine Eigenschaften. Das Säuseln in den Wipfeln des Waldes, und das Rollen des Donners, haben mir geheimnisvolle Dinge von ihm erzählet, die ich in Worten nicht aufsetzen kann. Ein schönes Tal, von abenteuerlichen Felsengestalten umschlossen, oder ein glatter Fluß, worin gebeugte Bäume sich spiegeln, oder eine heitere grüne Wiese, von dem blauen Himmel beschienen, – ach diese Dinge haben in meinem inneren Gemüte mehr wunderbare Regungen zuwege gebracht, haben meinen Geist von der Allmacht und Allgüte Gottes inniger erfüllt, und meine ganze Seele weit mehr gereinigt und erhoben, als es je die Sprache der Worte vermag. Sie ist, dünkt mich, ein allzu irdisches und grobes Werkzeug, um das Unkörperliche wie das Körperliche damit zu handhaben.

Ich finde hier einen großen Anlaß, die Macht und Güte des Schöpfers zu preisen. Er hat um uns Menschen eine unendliche Menge von Dingen umhergestellt, wovon jedes ein anderes Wesen hat, und wovon wir keines verstehen und begreifen. Wir wissen nicht, was ein Baum ist; nicht, was eine Wiese, nicht, was ein Felsen ist; wir können nicht in unserer Sprache mit ihnen reden; wir verstehen nur *uns* untereinander. Und dennoch hat der Schöpfer in das Menschenherz eine solche wunderbare Sympathie zu diesen Dingen gelegt, daß sie demselben, auf unbekannten Wegen, Gefühle oder Gesinnungen, oder wie man es nennen mag, zuführen, welche wir nie durch die abgemessensten Worte erlangen.

Die Weltweisen sind, aus einem an sich löblichen Eifer für die Wahrheit, irregegangen; sie haben die Geheimnisse des Himmels aufdecken, und unter die irdischen Dinge, in irdische Beleuchtung stellen wollen, und *die dunkeln Gefühle* von denselben, mit kühner Verfechtung ihres Rechtes, aus ihrer Brust verstoßen. – Vermag der schwache Mensch die Geheimnisse des Himmels aufzuhellen? Glaubt er verwegen ans Licht ziehen zu können, was Gott mit seiner Hand bedeckt? Darf er wohl die dunkeln Gefühle, welche wie verhüllte Engel zu uns herniedersteigen, hochmütig von sich weisen? – Ich ehre sie in tiefer Demut; denn es ist große Gnade von Gott, daß er uns diese echten Zeugen der Wahrheit herabsendet. Ich falte die Hände, und bete an. –

Die Kunst ist eine Sprache ganz anderer Art als die Natur; aber auch ihr ist, durch ähnliche dunkle und geheime Wege, eine wunderbare Kraft auf das Herz des Menschen eigen. Sie redet durch Bilder der Menschen, und bedienet sich also einer Hieroglyphenschrift, deren Zeichen wir dem Äußern nach kennen und verstehen. Aber sie schmelzt das Geistige und Unsinnliche, auf eine so rührende und bewunderungswürdige Weise, in die sichtbaren Gestalten hinein, daß wiederum unser ganzes Wesen, und alles, was an uns ist, von Grund auf bewegt und erschüttert wird ... Die Lehren der Weisen setzen nur unser Gehirn, nur die eine Hälfte unseres Selbst, in Bewegung; aber die zwei wunderbaren Sprachen, deren Kraft ich hier verkündige, rühren unsere Sinne sowohl als unsern Geist; oder vielmehr scheinen dabei ... alle Teile unsers (uns unbegreiflichen) Wesens zu einem einzigen, neuen Organ zusammenzuschmelzen, welches die himmlischen Wunder, auf diesem zwiefachen Wege, faßt und begreift.

Die eine der Sprachen, welche der Höchste selber von Ewigkeit zu Ewigkeit fortredet, *die ewig lebendige, unendliche Natur,* ziehet uns durch die weiten Räume der Lüfte unmittelbar zu der Gottheit hinauf. *Die Kunst* aber, die, durch sinnreiche Zusammensetzungen von gefärbter Erde und etwas Feuchtigkeit, die menschliche Gestalt in einem engen, begrenzten Raume, nach innerer Vollendung strebend, nachahmt ... sie schließt uns die Schätze in der menschlichen Brust auf, richtet unsern Blick in unser Inneres, und zeigt uns das Unsichtbare, ich meine alles was edel, groß und göttlich ist, in menschlicher Gestalt. –

Wenn ich aus dem gottgeweiheten Tempel unsers Klosters, von der Betrachtung Christi am Kreuz, ins Freie hinaustrete, und der Sonnenschein vom blauen Himmel mich warm und lebendig umfängt, und die schöne Landschaft mit Bergen, Gewässern und Bäumen mein Auge rührt, so sehe ich eine eigene Welt Gottes vor mir hervorgehen, und fühle auf eigene Weise große Dinge in meinem Inneren sich erheben. – Und wenn ich aus dem Freien wieder in den Tempel trete und das Gemälde von Christo am Kreuze mit Ernst und Innigkeit betrachte, so sehe ich wiederum eine andre, ganz eigene Welt Gottes vor mir hervorgehen, und fühle auf andre, eigene Weise sich große Dinge in meinem Inneren erheben. – Die Kunst stellet uns die höchste menschliche Vollendung dar. Die Natur, soviel davon ein sterbliches Auge sieht, gleichet abgebrochenen Orakelsprüchen aus dem Munde der Gottheit."

Zum Kapitel „Von zwei wunderbaren Sprachen ..." und vom Ursprung des romantischen Landschaftsgedichtes und des romantischen Landschaftsbildes

Das Kapitel „Von zwei wunderbaren Sprachen und deren geheimnisvoller Kraft" ist die deutliche Absage der Romantiker an die „Weltweisen", das heißt, an die Philosophen der Aufklärung:

„Sie haben die Geheimnisse des Himmels aufdecken, und unter die irdischen Dinge, in irdische Beleuchtung stellen wollen, und *die dunkeln Gefühle* von denselben, mit kühner Verfechtung ihres Rechtes, aus ihrer Brust verstoßen.“

Aber gerade diese „dunkeln Gefühle“, welche wie verhüllte Engel zu uns herniedersteigen, preist Wackenroder und dankt in Demut der Gnade Gottes, der diese echten Zeugen der Wahrheit herabsendet. Nie verliert er den transzendentalen Aspekt der Kunst aus den Augen. Wenn Wackenroder von Kunst spricht, tut er dies mit einer Andacht, als ob er vom Göttlichen selbst spräche. Kunst ist für ihn etwas Religiöses:

„Ich kenne aber zwei wunderbare Sprachen, durch welche der Schöpfer den Menschen vergönnt hat, die himmlischen Dinge in ganzer Macht, soviel es nämlich (um nicht verwegen zu sprechen) sterblichen Geschöpfen möglich ist, zu fassen und zu begreifen.“

Zwar spricht Wackenroder in diesem Kapitel nur von der Kunst der Malerei als der Sprache Gottes, doch lassen sich seine Ansichten mühelos auf die Poesie und alle anderen Künste übertragen; die *eine* Sprache, so sagt er, durch die der Schöpfer den Menschen die Dinge in ihrer ganzen Fülle nahebringt und die nur Gott redet, ist *die Natur:* „... das Säuseln in den Wipfeln des Waldes und das Rollen des Donners ... ein schönes Tal, von abenteuerlichen Felsengestalten umschlossen, oder ein glatter Fluß, worin gebeugte Bäume sich spiegeln ...“

Aus all dem spricht das Göttliche unmittelbar zum Menschen. Wenn aber der Mensch fähig ist, diese Sprache des Göttlichen, die Sprache der Natur, in seine menschliche Sprache zu übersetzen, das heißt, wenn er sie mit seinem einmaligen Ich widerzuspiegeln vermag, hat er ein Stück des Göttlichen selbst erfaßt und offenbart.

Diese Anschauung ist nicht nur der Ursprung der vielen romantischen Landschaftsgedichte, sondern vor allem auch das Leitmotiv einer ganz neuen Art von Landschaftsmalerei: Landschaft nicht mehr, wie bis dahin, als heroische Staffage für Helden und Götter, als schmückender Hintergrund für Darstellungen der Heilsgeschichte oder des Menschenlebens, sondern

Landschaft, die weit über das Dargestellte hinausdeutet. Für den romantischen Landschaftsmaler ebenso wie für den romantischen Dichter ist die Natur auch ein Mittel, menschlichen Gefühlen und Stimmungen Gestalt zu verleihen.

Die Anschauung, daß die Natur, die Landschaft, Material sei, mit dem der Mensch sein eigenstes Wesen ausdrücken kann, hat der Maler Philipp Otto Runge, der von den Romantikern oft mit dem Dichter Novalis verglichen wurde, im folgenden Zitat formuliert – am Ende in Bezirke vorstoßend, die erst unser Jahrhundert betreten hat:

„Wie selbst die Philosophen dahin kommen, daß man alles nur aus sich heraus imaginiert, so sehen oder sollen wir sehen in jeder Blume den lebendigen Geist, den der Mensch hineinlegt, und dadurch wird die Landschaft entstehen, denn alle Tiere und die Blumen sind nur halb da, sobald der Mensch nicht das Beste dabei tut; so drängt der Mensch seine eigenen Gefühle den Gegenständen um sich her auf, und dadurch erlangt alles Bedeutung und Sprache. Wenn wir so in der ganzen Natur nur unser Leben sehen, so ist es klar, daß dann erst die rechte Landschaft entstehen muß, als völlig entgegengesetzt der menschlichen oder historischen Komposition. Die Blumen, Bäume und Gestalten werden uns dann aufgehen, und wir haben einen Schritt näher zur Farbe getan. Die Farbe ist die letzte Kunst, die uns noch immer mystisch ist und bleiben muß, die wir auf eine wunderlich ahnende Weise wieder nur in Blumen verstehen."

Und an anderer Stelle sagt Runge:

„Es hat noch keinen Landschafter gegeben, der eigentliche Bedeutung in seinen Landschaften hätte, der Allegorien und deutliche schöne Gedanken in eine Landschaft gebracht hätte. Wer sieht nicht die Geister auf den Wolken beim Untergang der Sonne? Wem schweben nicht die deutlichsten Gedanken vor die Seele? Entsteht nicht ein Kunstwerk nur in dem Moment, wann ich deutlich einen Zusammenhang mit dem Universum vernehme? Kann ich den fliehenden Mond nicht ebenso festhalten wie eine fliehende Gestalt, die einen Gedanken bei mir weckt, und wird jenes nicht ebenso ein Kunstwerk?"

In diesem Zitat spricht Runge von den Allegorien, den Gestalt gewordenen Gedanken und Ideen, die den Menschen beim Betrachten der Natur bewegen – von allen jenen Wolkengeistern, Bachnymphen, Baumseelen, Waldzwergen, Blumenelfen, dem ganzen allegorisierenden oder symbolisierenden Rankenwerk, mit dem er selbst und viele andere Romantiker ihre Bilder ausschmückten oder wenigstens umrahmten, um von diesem Rankenwerk her das Dargestellte durch Assoziationen zu ergänzen und zu vertiefen.

Die Natur als Sprache Gottes und die Beseelung der Natur durch den Menschen – beides bestimmt auch das romantische Landschaftsgedicht.

Sieh an des Himmels blauen,
Erhabnen Brief;
Sieh seine Schrift von Sternen
So deutungstief;

Sieh ringsumher auf Erden
So hold erwacht,
Was all in dunkeln Samen
Und Knospen schlief!

Hier welch ein Buch voll Leben,
Voll Sinn und Geist,
Das Schöpferwort, das große,
Ins Dasein rief!

Hier Blatt für Blatt zu lesen
Bemühe dich!
All andre heiligen Bücher
Sind apokryph.

Georg Friedrich Daumer

Friedrich Freiherr von Hardenberg, der sich Novalis nannte. Kupferstich von E. Eichens.

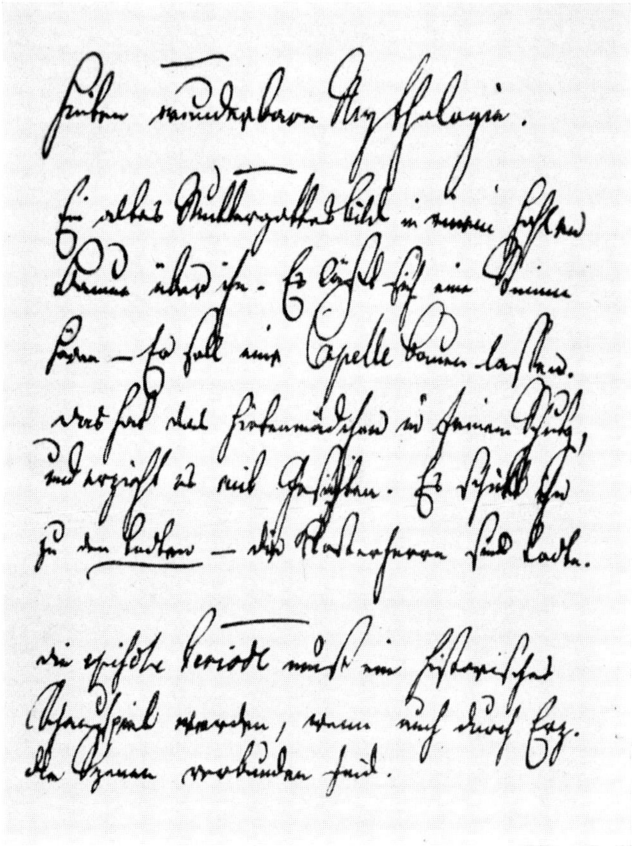

Novalis, Handschrift aus den Aufzeichnungen zu „Heinrich von Ofterdingen".

Philipp Otto Runge, Selbstbildnis, Öl auf Holz.

Philipp Otto Runge. Die Eltern des Künstlers. Gemälde.

MONDNACHT

Es war, als hätt der Himmel
Die Erde still geküßt,
Daß sie im Blütenschimmer
Von ihm nur träumen müßt.

Die Luft ging durch die Felder,
Die Ähren wogten sacht,
Es rauschten leis die Wälder,
So sternklar war die Nacht.

Und meine Seele spannte
Weit ihre Flügel aus,
Flog durch die stillen Lande,
Als flöge sie nach Haus.

Joseph von Eichendorff

In der „Klage“ von Sophie Bernhardi verwirklichen sich, wie in manchen Bildern Caspar David Friedrichs, die Worte Philipp Otto Runges:
„Es kommen mir bisweilen Stunden, wo mir ist, als sähe ich die Welt sich in ihre Elemente zerteilen, als ob Land und Wasser und Blumen, Wolken, Mond und Felsen Gespräche führten, als sähe ich diese Gestalten lebendig vor mir ...“

KLAGE

Es weint der Fels, wild stürzen seine Tränen;
Er will vom Jammer schluchzend sich entladen,
Mit seinen Fluten grüne Wiesen baden,
Daß sie empfinden sein inbrünstig Sehnen.

Und Blumen, die an zartes Gras sich lehnen,
Stehn in dem Grunde an des Bachs Gestaden,
Von murmelnden Kristallen eingeladen,
Wie sie im Übermute kindisch wähnen.

Als kaum die Wellen ihre Häupter netzen,
Verhauchen Seufzer sie in süßen Düften,
Durchzittert von der Lieb und Sehnsucht Schmerzen.

Das gleiche Leid, das beide will verletzen,
Schwimmt als der Blumen Balsamstrom in Lüften
Und quillt als Träne, Felsen aus dem Herzen.

Sophie Bernardi

Das romantische Denken in Gegensätzen

Noch ein weiteres Charakteristikum romantischen Wesens hat Wackenroder im Kapitel „Von zwei wunderbaren Sprachen ..." in Worte gefaßt: einerseits den Drang der Romantiker, in äußersten Gegensätzen zu fühlen und zu denken, andrerseits ihr Verlangen, diese Gegensätze in einem schöpferischen Prozeß zu verschmelzen, um alles Getrennte in einem einzigen Augenblick als ein Ganzes in Besitz zu nehmen. Ein Gleichnis für dieses Streben ist die Schilderung Wackenroders, wie der Klosterbruder aus dem Tempel ins Freie vor die Natur tritt und dann aus der Natur wieder zurück vor das Kunstwerk. Jedesmal wird er auf eine ganz eigene, unverwechselbare Weise von einer der beiden wunderbaren Sprachen Gottes bewegt. Aber wo er sich auch gerade befindet – ob im Tempel oder draußen vor der Natur –, stets versucht er, sich auch der anderen Erlebnismöglichkeit bewußt zu bleiben, damit beide einander durchdringen, sich steigern und zur umfassenderen Wahrheit ergänzen. Im romantischen Gedicht treffen wir immer wieder auf diese Lust am Gegensätzlichen. Beim Anblick des Mondes und der Sternennacht erinnert man sich des Tages.

WANDERSPRUCH

Der Wandrer von der Heimat weit,
Wenn rings die Gründe schweigen,
Der Schiffer in Meeres Einsamkeit,
Wenn die Stern aus den Fluten steigen:

Die beiden schauern und lesen
In stiller Nacht,
Was sie nicht gedacht,
Da es noch fröhlicher Tag gewesen.

Joseph von Eichendorff

Ebenso bleibt man sich vor dem Bild sonnenüberstrahlter Landschaft der dahinter existierenden Sternennacht bewußt.

Über das Verhältnis von Sprache und Musik in Wackenroders „Phantasien über die Kunst"

Im Abschnitt „Die Wunder der Tonkunst" heißt es:
„Wenn wir aber zu den Jahren gekommen sind, so verstehen wir die Empfindungen, sei es nun Fröhlichkeit, oder Betrübnis, oder jede andre, gar geschickt anzubringen, wo sie hingehören; und da führen wir sie manchmal recht schön, zu unsrer eigenen Befriedigung aus. Ja, obwohl diese Dinge eigentlich nur eine gelegentliche Zutat zu den Begebenheiten unseres gewöhnlichen Lebens sind, so finden wir doch so viel Lust daran, daß wir die sogenannten Empfindungen gern von dem verwirrten Wust und Geflecht des irdischen Wesens, worin sie verwickelt sind, ablösen, und sie uns zum schönen Angedenken besonders ausführen, und auf eigene Weise aufbewahren. Es scheinen uns diese Gefühle, die in unserm Herzen aufsteigen, manchmal so herrlich und groß, daß wir sie wie Reliquien in kostbare Monstranzen einschließen, freudig davor niederknien, und im Taumel nicht wissen, ob wir unser eigenes menschliches Herz, oder ob wir den

Schöpfer, von dem alles Große und Herrliche herabkommt, verehren.

Zu dieser Aufbewahrung der Gefühle sind nun verschiedene schöne Erfindungen gemacht worden, und so sind alle schönen Künste entstanden. Die Musik aber halte ich für die wunderbarste dieser Erfindungen, weil sie menschliche Gefühle auf eine übermenschliche Art schildert, weil sie uns alle Bewegungen unsers Gemüts, unkörperlich in goldne Wolken luftiger Harmonien eingekleidet, über unserm Haupte zeigt, – weil sie eine Sprache redet, die wir im ordentlichen Leben nicht kennen, die wir gelernt haben, wir wissen nicht wo? und wie? und die man allein für die Sprache der Engel halten möchte."

Und im Kapitel „Das eigentümliche innere Wesen der Tonkunst" führt Wackenroder seine Gedanken über die besondere Macht der Musik weiter aus:

„Ein fließender Strom soll mir zum Bilde dienen. Keine menschliche Kunst vermag das Fließen eines mannigfaltigen Stroms, nach allen den tausend einzelnen, glatten und bergichten, stürzenden und schäumenden Wellen, mit Worten fürs Auge hinzuzeichnen – die Sprache kann die Veränderungen nur dürftig *zählen* und *nennen,* nicht die aneinanderhängenden Verwandlungen der Tropfen uns sichtbar vorbilden. Und ebenso ist es mit dem geheimnisvollen Strome in den Tiefen des menschlichen Gemütes beschaffen. Die Sprache zählt und nennt und beschreibt seine Verwandlungen, in fremdem Stoff; – die Tonkunst strömt ihn uns selber vor. Sie greift beherzt in die geheimnisvolle Harfe, schlägt in der dunkeln Welt bestimmte, dunkle Wunderzeichen in bestimmter Folge an, die Saiten unsres Herzens erklingen, und wir verstehen ihren Klang.

In dem Spiegel der Töne lernt das menschliche Herz sich selber kennen; sie sind es, wodurch wir das Gefühl fühlen lernen; sie geben vielen in verborgenen Winkeln des Gemüts träumenden Geistern lebendes Bewußtsein, und bereichern mit ganz neuen zauberischen Geistern des Gefühls unser Inneres ... Aber was streb' ich Törichter, die Worte zu Tönen zu zerschmelzen? Es ist immer nicht, wie ich's fühle. Kommt ihr Töne, ziehet daher und errettet mich aus diesem schmerzlichen irdischen Streben nach

Worten, wickelt mich ein mit euren tausendfachen Strahlen in eure glänzenden Wolken, und hebt mich hinauf in die alte Umarmung des alliebenden Himmels!"
Wackenroders „Phantasien über die Kunst" erschienen erst zwei Jahre nach seinem Tod. Ludwig Tieck hat das ihm als Fragment überlassene Werk zum Teil mit eigenen Kapiteln ergänzt und vollendet. Von Tieck soll auch der Abschnitt „Die Töne" stammen, in dem die Musik nochmals verherrlicht wird und wo eingefügte Lieder zeigen, wie der romantische Dichter der Wortsprache aus ihren eigenen Klangelementen heraus die dunklere und feinere Sprache der Musik hinzuzugewinnen strebt, um dadurch in Bereiche – zu „in verborgenen Winkeln des Gemüts träumenden Geistern" – vorzudringen, die das nennende und zählende Wort allein nie erreichen kann.

DIE TÖNE

„... Oh, wie soll ich dich genug preisen, du himmlische Kunst! Ich fühle, daß hier Worte noch weniger wie bei allen übrigen Werken der Kunst genügen, ich möchte alle Bilderpracht, allen Stolz und kühnen Schwung der Sprache zusammenfassen, um recht vom Herzen loszusprechen, was mein innerstes Gefühl mir sagt.
Wie glücklich ist der Mensch, daß, wenn er nicht weiß, wohin er entfliehen, wo er sich retten soll, ein einziger Ton, ein Klang sich ihm mit tausend Engelsarmen entgegenstreckt, ihn aufnimmt und in die Höhe trägt! Wenn wir von Freunden, von unsern Lieben entfernt sind, und durch den einsamen Wald in träger Unzufriedenheit dahinirren, dann erschallt aus der Ferne ein Horn, und schlägt nur wenige Akkorde an, und wir fühlen, wie auf den Tönen die fremde Sehnsucht uns auch nachgeeilt ist, wie alle die Seelen wieder zugegen sind, die wir vermißten und betrauerten. Die Töne sagen uns von ihnen, wir fühlen es innigst, wie auch sie uns vermissen, und wie es keine Trennung gibt.

Weht ein Ton vom Feld herüber,
Grüß ich immer einen Freund,
Spricht zu mir: was weinst du, Lieber?
Sieh, wie Sonn die Liebe scheint:
Herz am Herzen stets vereint
Gehn die bösen Stunden über.

Liebe denkt in süßen Tönen,
Denn Gedanken stehn zu fern,
Nur in Tönen mag sie gern
Alles was sie will verschönen.
Drum ist ewig uns zugegen,
Wenn Musik mit Klängen spricht
Ihr die Sprache nicht gebricht,
Holde Lieb auf allen Wegen,
Liebe kann sich nicht bewegen
Leihet sie den Odem nicht.

Ja, ich möchte noch mehr behaupten. Der Mensch ist gewöhnlich so stolz darauf, daß es ihm vergönnt ist, in Worte ein System zu fassen und auszuspinnen, daß er in der gewöhnlichen Sprache die Gedanken niederlegen kann, die ihm als die feinsten und kühnsten erscheinen. Aber was ist sein höchstes Bestreben? Sein höchster Triumph ist das, sich und seine selbstgeschaffenen Gedankenheere immer wieder von neuem zu besiegen, und als ein Wesen dazustehn, das sich durch keine äußere Gewalt, ja durch sich selbst keine Fesseln anlegen läßt. Denn der größere Mensch fühlt es zu gut, wie auch seine innersten Gedanken immer nur noch ein Organ sind, wie seine Vernunft und ihre Schlüsse immer noch unabhängig sind von dem Wesen, das er selbst ist, und dem er in seinem hiesigen Leben nie ganz nahe kommen wird.
Ist es nun nicht gleichgültig, ob er in Instrumentestönen oder in sogenannten Gedanken denkt? – Er kann in beiden nur hantieren und spielen, und die Musik als dunklere und feinere Sprache wird ihm gewiß oft mehr als jene genügen.

Wenn die Ankerstricke brechen,
Denen du zu sehr vertraust,
Oft dein Glück auf ihnen baust,
Zornig nun die Wogen sprechen,
O so laß das Schiff den Wogen,
Mast und Segel untergehn,
Laß die Winde zornig wehn,
Bleibe dir nur selbst gewogen,
Von den Tönen fortgezogen,
Wirst du schönre Lande sehn:
Sprache hat dich nur betrogen,
Der Gedanke dich belogen,
Bleibe hier am Ufer stehn. –"

Zur Poetik des romantischen Gedichtes

In einer Ouvertüre, die er ganz in Worten, ganz aus Worten komponierte und die er seinem historischen Schauspiel „Die verkehrte Welt" vorausstellte, fragt Ludwig Tieck:
„Wie? Es wäre nicht erlaubt und möglich, in Tönen zu denken und in Worten und Gedanken zu musizieren? Oh, wie schlecht wäre es dann mit uns Künstlern bestellt! Wie arme Sprache, wie ärmere Musik! Denkt ihr nicht so manche Gedanken, so fein und geistig, daß diese sich in Verzweiflung in Musik hineinretten, um nur Ruhe endlich zu finden?"
Immer wieder trifft man in der Romantik auf Äußerungen, in denen die Musik über alles andere gestellt wird. E. T. A. Hoffmann, der auch komponierte, wie viele andere romantische Dichter und Maler (Clemens Brentano, Bettina von Arnim, Leopold Schefer, Philipp Otto Runge und andere), schrieb:
„Die Musik schließt dem Menschen ein unbekanntes Reich auf, eine Welt, die nichts gemein hat mit der äußeren Sinnenwelt, die ihn umgibt, und in der er alle durch Begriffe

bestimmbaren Bezüge zurückläßt, um sich dem Unaussprechlichen hinzugeben."

Bettina von Arnim berichtet, daß Beethoven zu ihr gesagt habe, Musik sei „der einzige unverkörperte Eingang in eine höhere Welt des Wissens".

Aus diesen beiden Zitaten spricht der Glaube, daß die Musik unmittelbarer als alle anderen Bemühungen zum Göttlichen und Unendlichen führe. Schopenhauer formulierte später ganz aus romantischem Geist, daß die Musik vom *Wesen,* alle anderen Künste nur vom *Schatten* reden. Er meinte, die Musik „könnte gewissermaßen, auch wenn die Welt gar nicht wäre, doch bestehen: was von den anderen Künsten sich nicht sagen läßt".

Trotz dieser magnetischen Anziehung, die die Musik auf die Romantiker ausübte, nahm die Poesie, wie gesagt, in der Romantik unter den Künsten den ersten Platz ein, und innerhalb der Poesie wiederum die *Lyrik,* in der sich, nach der Musik, der Geist am stärksten von allem „verwirrten Wust und Geflecht irdischen Wesens" abgelöst auszusprechen vermag. Kaum zu einer anderen Zeit wurde in Deutschland der klingende, der musikalische Bestandteil der Sprache so bewußt erkannt und zu seinen äußersten Möglicheiten ausgebildet wie in der Romantik, im romantischen Gedicht. Diesen Versuchen, mit den Elementen der Sprache etwas zu vollbringen, was sonst nur der Musik gelingt, verdanken viele romantische Gedichte ihre faszinierende und erregende Atmosphäre.

Säusle, liebe Myrte!
Wie still ists in der Welt,
Der Mond, der Sternenhirte
Auf klarem Himmelsfeld,
Treibt schon die Wolkenschafe
Zum Born des Lichtes hin,
Schlaf, mein Freund, o schlafe,
Bis ich wieder bei dir bin!

Säusle, liebe Myrte
Und träum im Sternenschein!
Die Turteltaube girrte
Auch ihre Brut schon ein.
Still ziehn die Wolkenschafe
Zum Born des Lichtes hin,
Schlaf, mein Freund, o schlafe,
Bis ich wieder bei dir bin!

Hörst du, wie die Brunnen rauschen?
Hörst du, wie die Grille zirpt?
Stille, stille, laß uns lauschen,
Selig, wer in Träumen stirbt;
Selig, wen die Wolken wiegen,
Wem der Mond ein Schlaflied singt;
O, wie selig kann der fliegen,
Dem der Traum den Flügel schwingt,
Daß an blauer Himmelsdecke
Sterne er wie Blumen pflückt.
Schlafe, träume, flieg, ich wecke
Bald dich auf und bin beglückt.

Clemens Brentano

WIE SICH AUCH DIE ZEIT WILL WENDEN

Wie sich auch die Zeit will wenden, enden
Will sich nimmer doch die Ferne,
Freude mag der Mai mir spenden, senden
Möcht dir alles gerne, weil ich Freude nur erlerne,
Wenn du mit gefaltnen Händen
Freudig hebst der Augen Sterne.

Alle Blumen mich nicht grüßen, süßen
Gruß nehm ich von deinem Munde.
Was nicht blühet dir zu Füßen, büßen

Muß es bald zur Stunde, eher ich auch nicht gesunde,
Bis du mir mit frohen Küssen
Bringest meines Frühlings Kunde.

Wenn die Abendlüfte wehen, sehen
Mich die lieben Vöglein kleine
Traurig an der Linde stehen, spähen
Wen ich wohl so ernstlich meine, daß ich helle Tränen weine,
Wollen auch nicht schlafen gehen,
Denn sonst wär ich ganz alleine.

Vöglein, euch mags nicht gelingen, klingen
Darf es nur von ihrem Sange,
Wie des Maies Wonneschlingen fingen
Alles ein in neuem Zwange; aber daß ich dein verlange
Und du mein, mußt du auch singen!
Ach, das ist schon ewig lange!

Clemens Brentano

Oft schildern die Romantiker in ihren Gedichten die Welt selbst schon als melodisches Ereignis:
„Da gibts einen wunderbaren Klang / Durch den Garten die ganze Nacht“ (Eichendorff, Gedichte S. 185), oder wie im folgenden Gedicht „Es klinget die ganze Nacht / Das sind im Herzen die Gedanken / Die singen, wenn niemand wacht“.

DIE EINSAME

Wärs dunkel, ich läg im Walde,
Im Walde rauschts so sacht,
Mit ihrem Sternenmantel
Bedecket mich da die Nacht,
Da kommen die Bächlein gegangen:
Ob ich schon schlafen tu?
Ich schlaf nicht, ich hör noch lange
Den Nachtigallen zu,

Wenn die Wipfel über mir schwanken.
Es klinget die ganze Nacht,
Das sind im Herzen die Gedanken,
Die singen, wenn niemand wacht.

Joseph von Eichendorff

Auch mit dem Vers „Wenn in den dunklen Bäumen / Das alte Märchen hallt“ wird mehr ein musikalisches als ein gedankliches oder gar bildliches Ereignis beschworen. Eins der vollkommensten romantischen Gedichte, in denen die Welt als ein in sich selbst schon klingendes Ereignis geschildert wird, ist Ludwig Tiecks „Waldlied“ (S. 125).

Von der Spannung, vom Rhythmus und der Beziehung der Verse untereinander, von Vokalen und Konsonanten, die wie Noten zu behandeln sind, von der Leidenschaft zur Musik der Sprache schreibt Tieck:

„Ein gereimtes Gedicht ist ... ein eng verbundenes Ganzes, in welchem die gereimten Worte getrennt oder näher gebracht, durch längere oder kürzere Verse auseinander gehalten, sich unmittelbar in Liebe, oder sich irrend suchen, oder aus weiter Ferne nur mit der Sehnsucht zueinander hinüberreichen; andere springen sich entgegen, wie sich selbst überraschend ... in diesem lieblichen labyrinthischen Wesen von Fragen und Antworten, von Symmetrie, freundlichem Widerhall und einem zarten Schwung und Tanz mannigfaltiger Laute, schwebt die Seele des Gedichtes wie in einem klaren durchsichtigen Körper, die alle Teile regiert und bewegt, und weil sie so zart und geistig ist, beinahe über der Schönheit des Körpers vergessen wird.“

Das Geheimnis, das die romantischen Gedichte in die Nähe der Musik bringt, hängt auch mit der Verwendung von vagen Bildern zusammen. So gegenständlich, so greifbar alles beim ersten Eindruck zu sein scheint, so unbestimmt, unklar, irreal wird es bei genauerem Zuhören. Es werden weniger die Bilder selbst als die durch diese Bilder erregten Gefühle und Empfindungen mitgeteilt – man könnte auch sagen: Durch die Mitteilung von Gefühlen entstehen verschwimmende Konturen von Bildern,

„die Erde schläfert –, ich bin so müd“ (Eichendorff, Herbst) oder „Ich stehe in Waldesschatten / Wie an des Lebens Rand“.

NACHTS

Ich stehe in Waldesschatten
Wie an des Lebens Rand,
Die Länder wie dämmernde Matten,
Der Strom wie ein silbern Band.

Von fern nur schlagen die Glocken
Über die Wälder herein,
Ein Reh hebt den Kopf erschrocken
Und schlummert gleich wieder ein.

Der Wald aber rühret die Wipfel
Im Traum von der Felsenwand.
Denn der Herr geht über die Gipfel
Und segnet das stille Land.

Joseph von Eichendorff

Der Wald wird charakterisiert durch sein wirres Rauschen. Die Worte „wirr“, „irr“, „verworren“ werden im Zusammenhang mit Wald gern nah zueinander gerückt, um das bezaubernde und zugleich beängstigende, bedrängende Geheimnis der Waldeinsamkeit darzustellen, in der sich der Mensch geborgen und gleichzeitig verloren fühlt. Der Wind hoch oben in den Wipfeln rauscht und weht aus einer unbekannten Ferne heran und verliert sich in eine andere unbekannte Ferne. Hirsch und Reh entschwinden ebenso rasch wieder den Blicken, wie sie unvermutet, für wenige verzaubernde Augenblicke aufgetaucht sind. Der Wald verbirgt aufs neue seine Geschöpfe und läßt eine plötzliche Leere im Schauen zurück. Da die Romantiker glaubten, mit dem Gefühl an Wahrheiten heranzureichen, die dem Verstand ewig verschlossen bleiben, liebten sie die Dämmerung und die Nacht, in denen das Auge, das Sinnesorgan des messenden und deutenden Verstandes, seine Herrschaft an das Ohr abgibt, das

mehr dem ahnenden und horchenden Gefühl zugeordnet ist. Novalis spricht von der „akustischen Natur“ der Seele.
Oft bestimmt etwas Traumhaftes das romantische Gedicht. „Alles ist in mir wie ein Traum“, heißt es einmal. In ihrem Verlangen, das Gegensätzlichste zusammenzuschauen und dadurch die ganze Fülle des Daseins umfassender zu vergegenwärtigen, ahmten die Romantiker gern die Eigenschaft des Traums nach, ein Ding in ein anderes zu verwandeln oder unentschieden zwischen zwei Erscheinungsformen zu verharren. „Sind die Farben denn nicht Töne / Und die Töne bunte Schwingen?“ heißt es in Eichendorffs Gedicht.

SEHNSUCHT

Vöglein in den sonngen Tagen!
Lüfte blau, die mich verführen!
Könnt ich bunte Flügel rühren,
Über Berg und Wald sie schlagen!

Ach! es spricht des Frühlings Schöne,
Und die Vögel alle singen:
„Sind die Farben denn nicht Töne
Und die Töne bunte Schwingen?“

Vöglein, ja, ich laß das Zagen!
Winde sanft die Segel rühren,
Und ich lasse mich entführen,
Ach, wohin? mag ich nicht fragen.

Clemens Brentano spricht im folgenden Gedicht von „der Töne Licht“.

ABENDSTÄNDCHEN

Hör, es klagt die Flöte wieder,
Und die kühlen Brunnen rauschen.
Golden wehn die Töne nieder,
Stille, stille, laß uns lauschen!

Holdes Bitten, mild Verlangen,
Wie es süß zum Herzen spricht!
Durch die Nacht, die mich umfangen,
Blickt zu mir der Töne Licht.

Das Schwanken, Sichverwandeln, halb Klar-, halb Unklarbleiben von Bildern beherrscht auch das Vor-Sonnenaufgang-Gedicht von Eichendorff. „Ists ein Brand, ists die Sonne? / Ich weiß es nicht". Und am Schluß heißt es: „Noch kann ich nichts sagen".

DIE LERCHE

Ich hörte in Träumen
Ein Rauschen gehn,
Und sah die Wipfel sich säumen
Von allen Höhn –
Ists ein Brand, ists die Sonne?
Ich weiß es nicht,
Doch ein Schauer voll Wonne
Durch die Seele bricht.
Schon blitzts aus der Tiefe und schlagen
Die Glocken, und schlängelnder Ströme Lauf
Rauscht glänzend her,
Und die glühenden Berge ragen
Wie Inseln aus weitem dämmerndem Meer.
Noch kann ich nichts sagen,
Beglänzt die Brust,
Nur mit den Flügeln schlagen
Vor großer selger Lust!

Die gleiche Ungewißheit herrscht oft beim Gefühl: „Freude bald und stille Schmerzen / Wechseln im verborgnen Herzen / Wandeln her und wandeln hin. / Ist es Trauer? Ist es Freude?" (Tieck, S. 72).

In einem verwandelten, wenngleich viel weiter gespannten Sinn schwärmen August Wilhelm Schlegel und Caroline Schlegel in ihrem Aufsatz „Die Gemälde“ von Übergängen, Verwandlungen und Verschmelzungen.

„Und so sollte man die Künste einander wieder nähern und Übergänge aus einer in die andere suchen. Bildsäulen beleben sich vielleicht zu Gemälden, Gemälde werden zu Gedichten, Gedichte zu Musik, und wer weiß? so eine herrliche Kirchenmusik stiege auf einmal wieder als ein Tempel in die Luft.“

Die Romantiker lieben alles Unsichtbare, das hinter dem Vordergründig-Sichtbaren zu spüren ist oder als Ereignis, als Bild geahnt wird und alle Dimensionen ins Unbestimmbare erweitert und vertieft: die Lerche, die im Raum verloren ihr Lied singt; das unbestimmte Irgendwo eines im Mondschein träumenden, rauschenden Brunnens; der schluchzende Gesang der Nachtigallen, der aus einem nächtlichen Gehölz hervortönt und Seligkeiten wachruft, bis dem Lauschenden auch die nächste Nähe hinter einem Schleier von Tränen verschwimmt; Ströme, die durch das nächtliche Land rauschen, die Sehnsucht mit sich in die Ferne entführen und Heimweh nach Verlorenem wecken: nach verfallenen Schlössern, in deren verwilderten Parks Marmorbilder durch das Laub schimmern und gestürzte Säulen auf Hügeln über der Erde trauern – uralte Gräber.

Fast alle bisher aufgezählten Kunstmittel des romantischen Gedichtes: das Ungenaue, das Verschwimmende, das Traumhafte, die Liebe zur Ferne, zur Nacht und Dämmerung, das musikalische Bestimmt-Unbestimmte sind von Novalis in einem seiner Fragmente auf eine kurze Formel gebracht worden:

„... Ferne Philosophie klingt wie Poesie – weil jeder Ruf in die Ferne Vokal wird ... so wird alles in der Entfernung *Poesie – Poem* ... ferne Berge, ferne Menschen, ferne Begebenheiten etc. Alles wird romantisch, quod idem est – daher ergibt sich unsre urpoetische Natur. Poesie der Nacht und Dämmerung ...“

Darum sollen Lieder auch wie aus der Ferne klingen und in die Ferne verklingen.

Durchdrungen von der Erkenntnis, als zeit- und raumbedingte Individuen stets zum Fragmentarischen verurteilt zu sein, versuchen die Romantiker dennoch immer wieder Werke zu schaffen, die dem Unendlichen, „der ewigen Agilität des unendlich vollen Chaos" gleichen sollten. Gedichte gleichsam ohne Anfang und Ende, Gedichte, die wie ein nicht aufzuhaltendes Dahinströmen sind. Bilder tauchen auf und versinken; jede Empfindung geht in eine andere über, alles ist im Fluß, deutlich, undeutlich; alles ist in ewiger Veränderung, in ewiger Bewegung, der Inhalt des Gedichtes scheint sich zu verflüchtigen oder geht wirklich unter. Max Kommerell sagt von Brentanos Gedichten, daß sie manchmal nichts seien als „ein feiner, frei schwebender Organismus von Klangbeziehungen".

DIE LIEBENDE

Wie die Schatten gehn und kommen
Und die Sonne wechselnd blicket,
Ist die trunkne Flur entzücket,
Doch von Schatten überschwommen
Ist der Glanz hinweggenommen
Und es bleibt ein ernstes Grün:
Also auch mein Herz und Sinn,
Freude bald und stille Schmerzen
Wechseln im verborgnen Herzen,
Wandeln her und wandeln hin.
Ist es Trauer? ist es Freude?
Nein, es ist ein süß Ermatten,
Wie das Kühl' im Waldesschatten,
Wie die Blumen auf der Heide,
Wenn sie mit beglänztem Kleide
Ungewiß im Strome spiegeln:
Wie von waldumwachsnen Hügeln
Heimlich eine Quelle springt,
Ungesehn durch Büsche dringt
Mit kristallnen weichen Flügeln.
Seht! wie süß der Frühling pranget,
Wie die lauen Lüfte spielen
In bewegten Blumen wühlen,
Wie der Baum voll Blüten hanget,

Umschlagentwurf für die Monatsschrift „Das vaterländische Museum“ aus HINTERLASSENE SCHRIFTEN von Philipp Otto Runge. Lithographie.

Des Knaben Wunderhorn

Alte deutsche Lieder

L. Achim v: Arnim. Clemens Brentano.

Heidelberg, beÿ Mohr u: Zimmer.
Frankfurt beÿ J. C. B. Mohr
1806.

Titelblatt der Erstausgabe. Kupferstich.

Clemens von Brentano. Radierung von L. E. Grimm.

Quartettabend bei Bettina von Arnim. Aquarell von J. C. Arnold.

Und den Schmetterling verlanget
Und die Biene nach dem Glanze,
Und die Wiese wächst zum Kranze,
Und die kleinen blauen Quellen
Rennen mit den lustgen Wellen
Eilig, eilig, wie zum Tanze.
Und die Waldung rauschet süße,
Alle grünen Blätter regen
Zur Umarmung sich entgegen,
Tönen nur und flüstern Küsse,
Laut verkünden die Genüsse
Alle Vögel aus dem Wald,
Und das grüne Dickicht schallt
Von den Nachtigallgesängen,
Daß den wollustvollen Klängen
Rings das Echo widerhallt.
Sind die Blumen nicht wie Sterne
In das grüne Gras gesunken?
Locken sie den Blick nicht trunken
Nach dem lichten Brande gerne?
Alles ist so nah und ferne;
Möcht ich nicht, mich zu beglücken,
An die Brust den Frühling drücken?
Und ihm sagen, wie ich fühle,
Daß er diese Sehnsucht kühle,
Oder ende dies Entzücken.

Ludwig Tieck

Die Romantiker als Entdecker des Unbewußten

Auf der Suche nach ihrer Wahrheit durchforschten die Romantiker nicht nur die früheste Vergangenheit des eigenen Vaterlandes, gingen sie nicht nur in fremden Ländern und Kulturen auf Entdeckung aus, sondern sie wagten auch den Weg nach innen, in die tiefsten Schichten des Gemüts und der Seele. Novalis schreibt:

„Die Tiefen unseres Geistes kennen wir nicht, nach innen geht der geheimnisvolle Weg."

Als der Arzt Johann Wilhelm Ritter eine Schlafwandlerin beobachtet hatte, notierte er:

„Eine Entdeckung von Wichtigkeit denke ich durch die eines passiven Bewußtseins, die des Unwillkürlichen, gemacht zu haben. Es wird durch Frage Antwort erregt ... hier neue Aufschlüsse in der Magie. Dann Theorie der Kraft der Phantasie. Alles Vorgestellte ist wirklich, eben deshalb aber hat es nur die Hälfte seiner Wirklichkeit, eine Halbwirklichkeit für uns, gerade wie schon jeder Dritte uns doch nicht so wirklich ist als wir uns selbst. Ferner hier Theorie des Gewissens, indem aktives Bewußtsein sich von passivem nur dadurch unterscheidet, daß dort die Frage mit der Antwort und hier die bloße Antwort zum Bewußtsein kommt. Alle unsere reinen Handlungen sind somnambulistisch, Antwort auf Frage: wir die Frager. Jeder trägt selbst seine Somnambule bei sich und ist selbst der Magnetiseur von ihr. – Fall, wo die Frage die Antwort selbst errät, oder eigentlich die bewußte Unwillkürlichkeit selbst. Gott im Herzen."

Mit diesen aufgeregten, stammelnden Notizen, die an eine mehr geahnte als erkannte Wirklichkeit rühren, stellt Ritter die allein bestimmende Macht des Bewußtseins in Frage und deutet die in Bewußtes und Unbewußtes gespaltene Natur des menschlichen Geistes an. Aus dieser Entdeckung entwickelt sich die Erkenntnis, daß der Mensch zugleich in einer äußeren, bewußten, und einer inneren, unbewußten Region lebt. Als Entdecker des Unterbewußtseins in unserm heutigen Sinn gingen die Romantiker nun daran, die dem hellen Verstand abgewendete dunkle Seite, die Nachtseite des Bewußtseins, zu erforschen.

Im „Phantasus" von Tieck versuchen Freunde, sich im Gespräch über den Instinkt und die Tiefenpsychologie der Gefühle klarzuwerden:

„Wie wundersam, sich nur in eine Farbe als bloße Farbe recht zu vertiefen. Wie kommt es denn, daß das helle ferne Blau des Himmels unsere Sehnsucht erweckt und des Abends Purpurrot uns rührt, ein helles goldenes Gelb uns trösten und beruhigen kann, und woher nur dieses unermüdete Entzücken an frischem Grün, an dem sich der Durst des Auges nie satt trinken mag?"

Plato, der Philosoph Griechenlands, lehrt:

„Wer sich ohne Raserei den Pforten der Phantasie nähert, in der Meinung, Kunstfertigkeit allein könne ihn schon zum Dichter machen, der bleibt unvollständig und gelangt nicht ins Heiligtum – er und die Poesie der Nüchternen sind nichts gegen die Poesie der Rasenden."

Verwandte Gedanken äußerte Novalis:

„Die höchste Aufgabe der Bildung ist, sich seines transzendenten Ichs zu bemächtigen, das Ich seines Ichs zugleich zu sein."

Und Schlegel folgerte weiter:

„In jedem guten Gedicht muß alles Absicht, und alles Instinkt sein. Dadurch wird es idealisch."

Diese Erkenntnisse wurden bis zur Skurrilität weitergetrieben, wie: Denken schadet dem Gefühl; Nicht denken, nicht lernen, damit die Unschuld des Instinktes nicht zersetzt werde!

Viele Romantiker, vor allem der Spätzeit, gaben sich – überzeugt, daß auch das Abnorme neue Ausblicke auf Wahrheiten eröffnet – mit Leidenschaft dem hin, was aus den Tiefen des Unbewußten aufsteigt, was sich dämonisch in das geordnete Denken und Tun des Tages eindrängt oder gar von ihm Besitz ergreift: Schlaf- und Wachträume, Leidenschaften, Triebe, Doppelgängertum und zweites Ich, Lemuren und Geister – Schauriges, Bizarres, Gespenstisches, das ganze Pandämonium. Als Beispiel stehe hier ein Gedicht von Clemens Brentano.

ICH KENN EIN HAUS, EIN FREUDENHAUS

Ich kenn ein Haus, ein Freudenhaus,
Es hat geschminkte Wangen,
Es hängt ein bunter Kranz heraus,
Drin liegt der Tod gefangen.

In meinem Mantel trag ich hin
Biskuit und süße Weine;

Der Himmel weiß wohl, wer ich bin,
Die Welt schimpft, was ich scheine.

Die eine liest mir in der Hand,
Sie will mein Unglück lesen,
Die andre malt mich an die Wand
Und nennt mich holdes Wesen.

Die Dritte weiß sich flink zu drehn,
Es schwindeln mir die Sinne,
Und jede dieser bösen Feen
Sucht, wie sie mich umspinne.

Doch dorten, auf den Arm gelehnt,
Sitzt eine stumm und weinet,
Sie hat sich längst mit Gott versöhnt
Und sitzet doch und weinet.

Was will sie noch in diesem Haus?
Sie muß den Spott erleiden,
Es zischt der freche Chor sie aus:
„Du kannst uns doch nicht meiden!“

Sie schweigt und weint und trägt den Hohn,
Den schweren Büßerorden;
Man zuckt die Achseln, kennt sie schon:
Sie ist zur Närrin worden.

Doch ich berühr um sie allein
Die himmelschreiende Schwelle,
Bei ihr, tret ich zum Saal herein,
Ist meine feste Stelle.

Sie achtets nicht, sie blickt nicht auf;
Wenn alle tanzend fliegen,
Und sprach: „O Weib, welch Kind wiegst du?
Will denn kein Schlaf erscheinen? –

Du hast dem Leid genuggetan,
Gib mirs, ich will dirs tragen.“
Da schrie ihr Blick mich schneidend an,
Doch konnt ihr Mund nichts sagen.

Und neulich nachts um Mitternacht
Kam ich mit meiner Laute;
Die Pforte hat sie aufgemacht,
Die noch am Fenster schaute.

Sie zieht mich in den Garten fort,
Sitzt auf ein Hüglein nieder,
Gibt keinen Blick und gibt kein Wort
Und weinet stille nieder.

Zu ihren Füßen saß ich hin
Und ehrte ihren Kummer;
Da hat mir Gott ein Lied verliehn,
Ich sang sie in den Schlummer.

Ich sang so kindlich, sang so fromm,
Ach, säng ich je so wieder!
„O Ruhe, komm, ach Friede, komm,
Küß ihre Augenlider!“

Und da sie schlief, da stieg so hold
Ein Kindlein aus dem Hügel,
Trug einen Kranz von Flittergold
Und einen Taschenspiegel,

Und brach ein Zweiglein Rosmarin,
Das ihr am Herzen grünet,
Und legt es auf die Mutter hin
Und sprach: „Gott ist versühnet!“

Und wo den Rosmarin es brach,
Da bluteten zwei Wunden,

Und als es kaum die Worte sprach,
Ist es vor mir verschwunden.

Die Mutter ist nicht mehr erwacht,
Noch schläft sie in dem Garten,
Ich steh und sing die ganze Nacht,
Kann wohl den Tag erwarten.

Da ruft mich Zucht und Ehr und Pflicht
Aus diesem Haus der Sünde,
Doch von der Mutter laß ich nicht,
Ob ihrem armen Kinde.

Es winkt zurück, wenn ich will gehn,
Sitzt an des Hügels Schwelle
Und kann nicht aus dem Spiegel sehn,
Sein Flitterkranz glänzt helle. –

Es brach das Haus, der Kranz fiel ab,
Fiel auf den Sarg der Frauen,
Ich blieb getreu, tät bei dem Grab
Mir eine Hütte bauen.

Und daß die Schuld nicht mehr erwacht,
Will ich da ewig singen,
Bis Jesus richtend bricht die Nacht,
Bis die Posaunen klingen.

Oft mit dem Kind bei Sturm und Wind
Sing ich auf meinen Knieen:
„O Jesus, du gemordet Kind,
Du hast ja auch verziehen!

Ein Tröpflein deines Blutes nur
Laß auf die Mutter fallen!
Das macht uns rein und klar und pur,
Daß wir zum Lichte wallen.“

Die romantische Sehnsucht als Ursprung der romantischen Ruhelosigkeit

In seinen „Vorlesungen über dramatische Kunst und Literatur“ hat sich August Wilhelm Schlegel auch über den Ursprung der romantischen Sehnsucht geäußert und warum sie der Grundton aller echt romantischen Werke sei:

„Bei den Griechen war die menschliche Natur selbstgenügsam, sie ahndete keinen Mangel, und strebte nach keiner andern Vollkommenheit, als die sie wirklich durch ihre eigenen Kräfte erreichen konnte. Eine höhere Weisheit lehrt uns, die Menschheit habe durch eine große Verirrung die ihr ursprünglich bestimmte Stelle eingebüßt, und die ganze Bestimmung ihres irdischen Daseins sei, dahin zurückzustreben, welches sie jedoch, sich selbst überlassen, nicht vermöge. Jene sinnliche Religion wollte nur äußere vergängliche Segnungen erwerben; die Unsterblichkeit, insofern sie geglaubt wurde, stand in dunkler Ferne wie ein Schatten, ein abgeschwächter Traum dieses wachen hellen Lebenstages. In der christlichen Ansicht hat sich alles umgekehrt: die Anschauung des Unendlichen hat das Endliche vernichtet; das Leben ist zur Schattenwelt und zur Nacht geworden, und erst jenseits geht der ewige Tag des wesentlichen Daseins auf. Eine solche Religion muß die Ahndung, die in allen gefühlvollen Herzen schlummert, zum deutlichen Bewußtsein wecken, daß wir nach einer hier unerreichbaren Glückseligkeit trachten, daß kein äußerer Gegenstand jemals unsre Seele ganz wird erfüllen können, daß aller Genuß eine flüchtige Täuschung ist. Und wenn nun die Seele, gleichsam unter den Trauerweiden der Verbannung ruhend, ihr Verlangen nach der fremd gewordnen Heimat ausatmet, was anders kann der Grundton ihrer Lieder sein als Schwermut? So ist es denn auch: die Poesie der Alten war die des Besitzes, die unsrige ist die der Sehnsucht; jene steht fest auf dem Boden der Gegenwart, diese wiegt sich zwischen Erinnerung und Ahndung. Man mißverstehe dies nicht, als ob alles in einförmige Klage verfließen, und die Melancholie sich immer vorlaut aussprechen müßte. Wie in der heitern

Weltansicht der Griechen die herbe Tragödie dennoch möglich war, so kann auch die aus der oben geschilderten entsprungene romantische Poesie alle Stimmungen bis zur fröhlichsten durchgehen, aber sie wird immer in einem namenlosen Etwas Spuren ihrer Quelle an sich tragen."
In der Tat, auch dort, wo der romantische Dichter im Gedicht, dem Zauber des Augenblicks spielerisch hingegeben, in sich selbst zu ruhen scheint, lauert im Hintergrund „die Wut der Unbefriedigung" – wie Friedrich Schlegel einmal die Sehnsucht nannte – auf ihn. Die Wut der Unbefriedigung, die ihn wieder aufstören und irgendeiner Ferne entgegentreiben wird. Nur wer, wie die Romantiker, die dämonische Unbefriedigung bis zur Verzweiflung durchlitten hat, kann solche seligen, selbstvergessenen, sich selbst berauschenden Gedichte schreiben.

WIEGENLIED

Singt ein flüsternd Wiegenlied,
Singet leise, leise, leise,
Von dem Monde lernt die Weise,
Der so still am Himmel zieht.

Singt ein Lied so süß gelinde,
Wie die Quellen auf den Kieseln,
Wie die Bienen um die Linde
Summen, murmeln, flüstern, rieseln.

Clemens Brentano

*

Linde säuseln kühle Lüfte,
Und im süßen Himmelsglanze
Bilden spielend sich zum Kranze
Töne, Worte, Farb und Düfte.

Friedrich de la Motte-Fouqué

Die von August Wilhelm Schlegel analysierte und am Anfang dieser Darstellung (S. 83) aus einer anderen Perspektive heraus gedeutete Sehnsucht der Romantiker ist die Quelle ihrer Ruhelosigkeit und ihres daraus resultierenden Wandertriebes, ihrer unzähligen Reise- und Wanderlieder.

POSTHORNSCHALL

Weit weg, weit weg,
Von allen Schmerzen weg,
Durch die Wälder möcht ich eilen,
Niederwärts,
Aufwärts,
Klüften vorüber und von den steilen
Gebirgen rasseln zu tiefen Gründen,
Ruhe zu finden.

Pfeifender Wind,
Treibe geschwind
Schnell und schneller die Rosse ins
Dickicht hinein,
Laß, o laß die trüben Stunden,
Eilend verschwunden,
Rastlos nimmer Stillstand sein.

Wo soll ich sie suchen?
Auf Bergeshöhn?
Im Schatten der Buchen?
Wo werd ich sie sehn?

Die Stunden verfliegen,
Tag wechselt mit Nacht,
Die Schmerzen besiegen,
Die Freuden erliegen
Der stürmenden Macht.

Ach! weiter, weiter ohne Stillstand,
Hin, wo der Strom braust,
Wo von steiler, moosger Felswand
Wind und Woge niedersaust.

Wo Waldesdunkel schattet,
Wo Wolken sich jagen,
Und Nacht und banges Zagen
Mit schwarzen Träumen sich gattet.

Talnieder, bergauf,
Echo spricht und grüßt herüber,
Ach! statt dieses Treibens ende lieber,
Ende, ende diesen trüben Lauf.

Käm ich nur zum fremden Orte
In ein wundervolles Land,
Das kein Auge je gekannt,
Aber wechselnd Hier mit Dort
Weiß ich schon die Einsamkeiten,
Die sich tückisch mir bereiten,
Kenne schon die trüben Leiden;
Leiden, Leiden.

Ludwig Tieck

Weniger gequält als Tiecks Lied, aber darum nicht minder rastlos, gleichsam von schnell und immer schneller rollenden Rädern vorangetrieben, ist Eichendorffs Reiselied.

FRISCHE FAHRT

Laue Luft kommt blau geflossen,
Frühling, Frühling soll es sein!
Waldwärts Hörnerklang geschossen,
Mutger Augen lichter Schein;

Und das Wirren bunt und bunter
Wird ein magisch wilder Fluß,
In die schöne Welt hinunter
Lockt dich dieses Stromes Gruß.

Und ich mag mich nicht bewahren!
Weit von euch treibt mich der Wind,
Auf dem Strome will ich fahren,
Von dem Glanze selig blind!
Tausend Stimmen lockend schlagen,
Hoch Aurora flammend weht,
Fahre zu! ich mag nicht fragen,
Wo die Fahrt zu Ende geht!

Auch „an einem Fenster lehnen“, „zu einem Fenster hinausblicken“ oder „hoch auf einer Zinne stehen“ sind beliebte Motive der romantischen Poesie und Malerei, in denen die Ruhelosigkeit gestaltet wird. Das Herz, erregt von der Ferne, der Weite und Unendlichkeit, die sich draußen vor dem umgrenzenden Fensterrahmen ausbreiten, wünscht nichts als Aufbruch und Reise, hinaus in den Raum und die Zeit, um vielleicht doch noch irgendwo eine Heimat zu finden.

SEHNSUCHT

Es schienen so golden die Sterne,
Am Fenster ich einsam stand
Und hörte aus weiter Ferne
Ein Posthorn im stillen Land.
Das Herz mir im Leib entbrennte,
Da hab ich mir heimlich gedacht:
Ach, wer da mitreisen könnte
In der prächtigen Sommernacht!

Zwei junge Gesellen gingen
Vorüber am Bergeshang,

Ich hörte im Wandern sie singen
Die stille Gegend entlang:
Von schwindelnden Felsenschlüften,
Wo die Wälder rauschen so sacht,
Von Quellen, die von den Klüften
Sich stürzen in die Waldesnacht.

Sie sangen von Marmorbildern,
Von Gärten, die überm Gestein
In dämmernden Lauben verwildern,
Palästen im Mondenschein,
Wo die Mädchen am Fenster lauschen,
Wann der Lauten Klang erwacht,
Und die Brunnen verschlafen rauschen
In der prächtigen Sommernacht.

Joseph von Eichendorff

Für Max von Schenkendorf, der sich wie viele Spätromantiker dem christlichen Glauben wieder angeschlossen hatte, wird das Fenster zum Symbol des Irdischen, von dem aus der Blick auf das offenstehende Tor zum seligen Jenseits fällt.

DAS FENSTER

Mein Fenster geht nach Morgen,
Nach Morgen geht mein Sinn;
Da ziehen meine Sorgen
Und meine Sehnsucht hin.

Ihr Mitternachtsgesichte,
Nun weichet weit zurück;
Mich grüßt vom reinen Lichte
Der erste frühe Blick.

Die Luft um Brust und Locken
Mir spielet frisch und mild, –

Wohin denn willst du locken,
O Luft, so gotterfüllt?

Die fernen Klänge dringen
So rührend in mein Ohr,
Hinauf möcht ich mich schwingen
Zum Aufgang hoch empor.

Das goldne Tor steht offen,
Die liebe Stimme spricht,
Da weilt mein süßes Hoffen,
Da wohnt das ewge Licht.

Düsterer und von auswegloser Trauer geprägt ist das nächste Gedicht. Der Blick aus dem Fenster in den Garten ist ein Blick wie auf Gräber. Alle Hoffnungen sind gestorben. Die Sehnsucht zieht nur noch in die Vergangenheit, wo die letzten Freuden schimmern, die Freuden der Erinnerung.

SCHWERMUT

Abenddämmrung liegt auf meinem Garten,
Und ich blicke mit bewölktem Sinn,
Meinen müden Kopf gelehnt am harten
Fensterrahmen, wie auf Gräber hin.

Und die Geister meiner schönen Stunden
Gehn vorüber mit gesenktem Blick
Ach! schon sind sie fern dahin geschwunden –
Ich allein blieb sehnsuchtsvoll zurück!

Mondenschimmer, deine Strahlen kränzen
Meine Stirn nicht mit Beruhigung!
Alle meine Freuden, alle, glänzen
Nur im Schimmer der Erinnerung.

Sophie Mereau

Romantische Liebe und Freundschaft

Nichts verschleißt Ideen und Ideale mehr und zeigt schneller ihre Schwächen und Grenzen, als wenn sie sich im Alltag bewähren müssen. Der mit Begeisterung aufgenommene Imperativ von Fichte „Lebe deiner Bestimmung", das heißt, deinem einmaligen Ich, das allein die Welt erschafft und ordnet, offenbarte bald seine Kehrseite – nämlich die Erkenntnis hoffnungsloser Vereinsamung. Jeder ein einzelnes, vereinzeltes Ich, das immer nur sich selbst begegnet, da ja alles Erschaute, alles Erkannte, das ganze Bild der Welt, nichts als ein Produkt der eigenen Einbildungskraft ist. Lange Zeit entzogen sich die Romantiker dieser Einsicht mit leidenschaftlichen und rasch wechselnden Freundschaftsbündnissen und Liebesverhältnissen: Man sym-philosophierte, sym-existierte, sym-faulenzte, war erfüllt von Sym-Enthusiasmus und Sympoesie. Sym – mit, miteinander – war die berauschende Formel.

Die Romantiker hatten das von der Klassik – vor allem von Goethe und Schiller – geprägte Bild der Frau als Erzieherin und Lenkerin des Mannes zu einer höheren, gesteigerten Menschlichkeit übernommen. Aber sie betonten noch stärker als jene die geistige Komponente der Liebe. Novalis bezeichnete die Liebe als angewandte Religion, und Friedrich Schlegel fragte:

„Liebst du wohl, wenn du nicht die Welt in der Geliebten findest?"

Hölderlin, zwischen Klassik und Romantik stehend, war der Meinung, daß die Welt, die *ein* Mensch erschaue und erschaffe, erst dann wirklich existiere, wenn sie noch von einem *zweiten* Menschen mitgeglaubt werde.

Die Liebe – und die Freundschaft, die von dem romantischen Begriff der Liebe nicht zu trennen ist – war die einzige Hoffnung der Romantiker, die Einsamkeit, in die jeder einzelne von ihnen verstoßen war, zu durchbrechen. Unter diesem Aspekt wurde die Liebe zu einem ruhelosen Suchen nach Erfüllung. Scheidung, Wiederverheiratung und neue Trennung waren nichts Ungewöhnliches.

Liebeshändeln, Verirrungen und Untreue gegenüber herrschte

größte Nachsicht. „Soll etwa die Liebe", fragte Friedrich Schleiermacher, der selbst in wechselnden Verbindungen lebte, „soll etwa sie, die das Höchste im Menschen ist, gleich beim ersten Versuch ... gedeihen können?" Die Äußerung von Friedrich Schlegel, daß die Geschlechtsverschiedenheit nur eine Äußerlichkeit des Menschendaseins sei, hat ebenso wie der hohe Anspruch, den die romantische Vorstellung von der Liebe an die geistigen Fähigkeiten der Frau stellte, dazu beigetragen, daß die Romantikerinnen die ersten im modernen Sinn *emanzipierten Frauen* waren. Mittelpunkte des geistigen Lebens waren ihre Salons, in denen sich Künstler, Gelehrte und Literaten trafen. Von den vielen bedeutenden Frauen jener Zeit sei nur erinnert an Bettina von Arnim, die Schwester von Clemens Brentano, Rahel Varnhagen von Ense, Henriette Hertz, die Freundin Schleiermachers, Dorothea Veit, in zweiter Ehe mit Friedrich Schlegel verheiratet, Madame de Staël, die August Wilhelm Schlegel und vielen anderen Romantikern in Freundschaft verbunden war.

In den romantischen Liebesgedichten werden kein Gefühl, keine Freude, kein Jubel, keine Klage und keine Verzweiflung ausgesprochen, die nicht auch unter anderen Himmelsstrichen und zu anderen Zeiten ausgesprochen wurden. Aber ein Seelenton schwingt in ihnen mit, der mit Worten nicht zu fassen und doch unüberhörbar ist. An diesem Seelenton kann man fast unfehlbar erkennen, ob es sich um ein Liebeslied der Romantik handelt.

Karoline von Günderode, die sich aus unglücklicher Neigung zu dem Heidelberger Philologieprofessor Creuzer das Leben nahm, spricht von der Liebe Sehnen „Daß der Zweiheit Grenzen schwinden / Und des Daseins Pein".

DIE EINE KLAGE

Wer die tiefste aller Wunden
Hat in Geist und Sinn empfunden,
Bittrer Trennung Schmerz;
Wer geliebt, was er verloren,

Lassen muß, was er erkoren,
Das geliebte Herz,

Der versteht in Lust die Tränen
Und der Liebe ewig Sehnen,
Eins in Zwei zu sein,
Eins im Andern sich zu finden,
Daß der Zweiheit Grenzen schwinden
Und des Daseins Pein.

Wer so ganz in Herz und Sinnen
Konnt ein Wesen liebgewinnen,
Oh! den tröstets nicht,
Daß für Freuden, die verloren,
Neue werden neu geboren:
Jene sinds doch nicht.

Das geliebte, süße Leben,
Dieses Nehmen und dies Geben,
Wort und Sinn und Blick,
Dieses Suchen und dies Finden,
Dieses Denken und Empfinden
Gibt kein Gott zurück.

Die seelenbetonte Leidenschaft romantischer Liebe spricht aus den folgenden Gedichten:

Auf diesem Hügel überseh ich meine Welt!
Hinab ins Tal, mit Rasen sanft begleitet,
Vom Weg durchzogen, der hinüberleitet,
Das weiße Haus inmitten aufgestellt,
Was ists, worin sich hier der Sinn gefällt?

Auf diesem Hügel überseh ich meine Welt!
Erstieg ich auch der Länder steilste Höhen,
Von wo ich könnt die Schiffe fahren sehen
Und Städte fern und nah von Bergen stolz umstellt,
Nichts ists, was mir den Blick gefesselt hält.

Joseph Freiherr von Eichendorff. Gemälde von J. Rabe.

Justinus Kerner. Gezeichnet und gestochen von A. Duttenhofer.

Im Garten bei Justinus Kerner, Holzschnitt. Im Hintergrund, auf der Treppe, Kerners Sohn Theobald. Davor von links nach rechts: Nikolaus Lenau, Gustav Schwab, Alexander von Württemberg und Carl Meyer (beide stehend), Justinus Kerner und Ludwig Uhland (sitzend), Varnhagen von Ense (rechts stehend), Kerners Frau Friderike mit der Weinkaraffe.

Ludwig Uhland. Gemälde von G. W. Morff.

Auf diesem Hügel überseh ich meine Welt!
Und könnt ich Paradiese überschauen,
Ich sehnte mich zurück nach jenen Auen,
Wo deines Daches Zinne meinem Blick sich stellt,
Denn der allein umgrenzet meine Welt!

Bettina von Arnim

Du meine Seele, du mein Herz,
Du meine Wonn, o du mein Schmerz,
Du meine Welt, in der ich lebe,
Mein Himmel du, darein ich schwebe,
O du mein Grab, in das hinab
Ich ewig meinen Kummer gab.
Du bist die Ruh, du bist der Frieden,
Du bist der Himmel, mir beschieden.
Daß du mich liebst, macht mich mir wert,
Dein Blick hat mich vor mir verklärt,
Du hebst mich liebend über mich,
Mein guter Geist, mein beßres Ich!

Friedrich Rückert

Die romantische Ironie

Da alle romantische Liebe ihrem Wesen nach dazu bestimmt war, mehr ein verlangendes Sehnen zu bleiben als Erfüllung zu finden, änderte sich durch sie auch nichts an der Tatsache, daß jeder für sich, wie Tieck schreibt, in sein eigenes bewegtes Gemüt wie in einen unergründlichen Strudel hineinschaute –

„wo Woge an Woge drängt und schäumt und man keine Welle sondern kann, wo alle Fluten sich verwirren und trennen und immer wieder durcheinander wirbeln, ohne Stillstand, ohne Ruhe, wo dieselbe Melodie sich immer wiederholt und doch immer neue Abwechslung ertönt: kein Stillstand, keine Bewegung, ein rauschendes, tosendes Rätsel, eine endlose, endlose Wut des erzürnten, stürzenden Elementes.“ In seinem Roman „Geschichte des Herrn William Lovell“ klagt Tieck weiter: „So beherrscht mein äußerer Sinn die physische, mein innerer Sinn die moralische Welt. Alles unterwirft sich meiner Willkür, jede Erscheinung, jede Handlung kann ich nennen, wie es mir gefällt; die lebendige und leblose Welt hängt an der Kette, die mein Geist regiert, mein ganzes Leben ist nur ein Traum, dessen mancherlei Gestalten sich nach meinem Willen formen! Ich selbst bin das einzige Gesetz in der ganzen Natur, diesem Gesetze gehorcht alles."

So hatte sich das stolze Wort „Was ich will, das kann ich" von Novalis zur Verzweiflung gewandelt, weil man alles „nennen kann, wie es einem gefällt". Vor der Katastrophe – dem Nihilismus –, zu der diese Erkenntnis führen mußte, suchten sich die Romantiker mit einem kühnen geistigen Aufschwung zu retten – und zwar in ihren Begriff der *Ironie*. Friedrich Schlegel definierte:

„Ironie ist klares Bewußtsein der ewigen Agilität des unendlich vollen Chaos."

Und „Wir müssen uns über unsre eigene Liebe erheben und was wir anbeten in Gedanken vernichten können: sonst fehlt uns, was wir auch für andere Fähigkeiten haben, der Sinn für das Weltall."

Mit solchen Definitionen glaubten die Romantiker nun einen endgültigen Beweis für die absolute Freiheit des Menschen erbracht zu haben. Weil sie sich mit Hilfe der Ironie von jeder Formulierung, die zwangsläufig Fragment sein mußte, distanzieren konnten, glaubten sie, „der ewigen Agilität des unendlich vollen Chaos" stets auf der Spur zu bleiben. Und weil sie sich mit Hilfe der Ironie über jede einschränkende Liebe zu erheben vermochten, glaubten sie dem Sinn für das Weltall treu zu bleiben. Ja, mehr noch, durch die Ironie fühlten sie sich fähig, mit dem ganzen Weltall souverän zu spielen, weil sie es von nun an in aller Bewußtheit bald so, bald so betrachten konnten.

„Ein recht freier und gebildeter Mensch", forderte Schlegel, „müßte sich selbst nach Belieben philosophisch oder philologisch, kritisch oder poetisch, historisch oder rhetorisch, antik oder modern stimmen können, ganz willkürlich, wie man ein Instrument stimmt, zu jeder Zeit und in jedem Grade."

Künstlerisch hat diese Einstellung befreiend gewirkt und höchste artistische Leistungen ermöglicht. In Wahrheit aber ist die romantische Ironie das endgültige Eingeständnis der Romantiker, unvollkommen bleiben zu müssen, niemals festen Boden unter die Füße bekommen zu können, an nichts unumstößlich glauben zu dürfen, nichts, aber auch gar nichts zu wissen, und richtungslos, wie ein Schiff ohne Kompaß, immer auf dem Weg zu sein – auf dem Wege wohin?

Die Suche der Romantiker nach einer neuen Metaphysik

Mit dem Aufkommen der romantischen Ironie hatte sich das vollzogen, was seit Kant die Menschheit bedrohte: das Tor zum Nihilismus war aufgestoßen worden. Und wieder ist es Friedrich Schlegel, der in seiner „Rede über die Mythologie" hellsichtig die Situation erkennt.

„Ihr vor allen müßt wissen, was ich meine. Ihr habt selbst gedichtet, und Ihr müßt es oft im Dichten gefühlt haben, daß es Euch an einem festen Halt für Euer Wirken gebrach, an einem mütterlichen Boden, einem Himmel, einer lebendigen Luft.

Aus dem Innern herausarbeiten, das alles muß der moderne Dichter, und viele haben es herrlich getan, aber bis jetzt nur jeder allein, jedes Werk wie eine neue Schöpfung von vorn an, aus nichts.

Ich gehe gleich zum Ziel. Es fehlt, behaupte ich, unsrer Poesie an einem Mittelpunkt, wie es die Mythologie für die der Alten war, und alles Wesentliche, worin die moderne Dichtkunst der antiken nachsteht, läßt sich in die Worte zusammenfassen: wir haben keine Mythologie. Aber, setze ich hinzu, wir sind nahe daran eine zu erhalten, oder vielmehr es wird Zeit, daß wir ernsthaft dazu mitwirken sollen, eine hervorzubringen.

Denn auf dem ganz entgegengesetzten Wege wird sie uns kommen, wie die alte ehemalige, überall die erste Blüte der jugendlichen Phantasie, sich unmittelbar anschließend und anbildend an das Nächste, Lebendigste der sinnlichen Welt. Die neue Mythologie muß im Gegenteil aus der tiefsten Tiefe des Geistes herausgebildet werden; es muß das künstlichste aller Kunstwerke sein, denn es soll alle andern umfassen, ein neues Bette und Gefäß für den alten ewigen Urquell der Poesie und selbst das unendliche Gedicht, welches die Keime aller andern Gedichte verhüllt.

Ihr mögt wohl lächeln über dieses mystische Gedicht und über die Unordnung, die etwa aus dem Gedränge und der Fülle von Dichtungen entstehen dürfte. Aber die höchste Schönheit, ja die höchste Ordnung ist denn doch nur die des Chaos, nämlich eines solchen, welches nur auf die Berührung der Liebe wartet, um sich zu einer harmonischen Welt zu entfalten, eines solchen wie es auch die alte Mythologie und Poesie war. Denn Mythologie und Poesie, beide sind eins und unzertrennlich. Alle Gedichte des Altertums schließen sich eines an das andre, bis sich aus immer größern Massen und Gliedern das Ganze bildet; alles greift ineinander, und überall ist ein und derselbe Geist nur anders ausgedrückt. Und so ist es wahrlich kein leeres Bild, zu sagen: die alte Poesie sei ein einziges, unteilbares, vollendetes Gedicht. Warum sollte nicht wieder von neuem werden, was schon gewesen ist? Auf eine andre Weise versteht sich. Und warum nicht auf eine schönere, größere? –

Ich bitte Euch, nur dem Unglauben an die Möglichkeit einer neuen Mythologie nicht Raum zu geben. Die Zweifel von allen Seiten und nach allen Richtungen sollen mir willkommen sein, damit die Untersuchung desto freier und reicher werde."

Und an anderer Stelle sagt Friedrich Schlegel, der sich zeitweise mit der Idee trug, selbst eine neue Religion zu stiften: „Nur derjenige kann ein Künstler sein, der eine eigene Religion, eine originale Ansicht des Unendlichen hat."

Brentano aber klagt: „In unserer Zeit allein stehen können, heißt ein Riese sein", und er schlägt vor, eine Dichtergesellschaft zu gründen, so wie andere vor und nach ihm immer wieder gefordert haben, daß die Künstler als Eidgenossen eines ewigen Bündnisses zusammentreten müssen, wie in einer unsichtbaren Kirche, weil der einzelne nichts Großes ausrichten könne.

Vom romantischen Kosmopolitismus zum romantischen Nationalismus

Die Sehnsucht nach der Verbindlichkeit einer auch von der Ironie unantastbaren Gemeinschaft führte die Romantiker am Anfang des 19. Jahrhunderts von der Vorrangstellung des schöpferischen Einzel-Ichs und vom frühromantischen Kosmopolitismus zunächst zum mystischen Begriff der *Volksseele.*

Die Sammlung von Volksliedern, die Achim von Arnim und Clemens Brentano 1806–1808 in Heidelberg unter dem Titel „Des Knaben Wunderhorn" herausgaben, hat entscheidend zu dieser Entwicklung beigetragen. Im Nachwort zu dieser Sammlung wurde das Volk als ein Organismus vorgestellt, in dem das einzelne Ich wie in einer größeren Einheit eingebettet ist. Nach und nach, wesentlich bestimmt durch die politischen Ereignisse, vor allem die Eroberung Deutschlands durch Napoleon und die dadurch ausgelösten Freiheitskriege, denen sich ein großer Teil der Romantiker anschloß, wandelten sich diese vagen Vorstellungen von Volk und Volksseele zum handfesten Begriff der *Nation.*

Wie sehr die Romantiker damals zur Bildung und Festigung eines deutschen Nationalgefühls beigetragen haben, bezeugt auch Freiherr vom Stein:

„In Heidelberg hat sich ein guter Teil des deutschen Feuers entzündet, welches später die Franzosen verzehrte."

Als die Truppen Blüchers durch Heidelberg zogen, verteilte Arnim an die Soldaten ein kleines Heft „Kriegslieder", die er aus „Des Knaben Wunderhorn" zusammengestellt hatte.

1812 gründete Friedrich Schlegel die Zeitschrift „Deutsches Museum", die er zum Sprachrohr der deutschnationalen Ziele machte. In jenen Jahren politischer Unruhe und Umwälzung schrieb Arnim, der als Hauptmann eines Berliner Landsturmbataillons Schriftleiter des „Preußischen Correspondenten" war:

„O mein Gott, wo sind die alten Bäume, unter denen wir noch gestern ruhten, die uralten Zeiten fester Grenzen, was ist damit geschehen? ... Daß Deutschland nicht so weit verwirtschaftet werde, sei unser Bemühen."

Und August Wilhelm Schlegel, der als Geheimer Sekretär des Kronprinzen von Schweden Manifeste gegen Napoleon verfaßte, schrieb:
„Für jetzt kenne ich als Schriftsteller nur ein einziges Ziel: den Deutschen das Bild ihres alten Ruhmes, ihrer alten Würde und Freiheit im Spiegel der Vorzeit vorzuhalten und jeden Funken von Nationalgefühl, der irgendwo schlummern mag, anzufachen. Die Gesinnungen müssen wieder vereinigen, was die äußeren Begebenheiten zerrissen haben. Wenn jetzt nicht das Bedürfnis erwacht, der einheimischen Weise treu und ernst anzuhängen, so ist es um alle künftige Selbständigkeit geschehen."
Und „Erst muß etwas Großes geschehen, ehe etwas Großes gedichtet werden soll. Poesie und Geschichte hängen innigst zusammen."
Die grundlegenden Ideen und Ziele der Frühromantik wurden gegen Ende der Romantik oft geradezu auf den Kopf gestellt. Auf die im wesentlichen philosophisch-ästhetisch bestimmte Haltung der Frühromantik, die das Vaterländische durchaus nur in einem geistigen Sinn verstanden hatte, folgte nun in der Spätromantik eine nationale, ja nationalistisch ausgerichtete Phase, erfüllt von politischer Aktivität.
Wenn auch Brentano zu Beginn der Freiheitskriege an Arnim, um ihn von einem politischen Engagement abzuhalten, schreibt:
„Werde kein Soldat in einer Zeit, wo es keine gibt, bleibe der unsichtbaren Kirche der Kunst angehörig ... sei ein Mensch hoch über der Zeit und falle nicht in diesem elenden Streit um Hufen Landes" – schlossen sich doch, außer August Wilhelm Schlegel und Achim von Arnim, viele Romantiker den Freiheitskämpfern an, unter anderen die Dichter Joseph von Eichendorff, Theodor Körner, Friedrich de la Motte-Fouqué, Max von Schenkendorf, die Maler Philipp Veit und Georg Friedrich Kersting. Selbst Caspar David Friedrich, der einsiedlerisch nur für seine Malerei lebte, rüstete mit seinem Geld einen Soldaten aus. Manche, wie Eichendorff und Schenkendorf, zogen in einer Art Nachfolge mittelalterlicher Lehnstreue und Gottesstreitertums in den Krieg und schrieben aus diesem Geist heraus, im Ton des von ihnen geliebten Volksliedes, ihre Kriegslieder.

SOLDATEN-MORGENLIED

Erhebt euch von der Erde,
Ihr Schläfer, aus der Ruh,
Schon wiehern uns die Pferde
Den guten Morgen zu.
Die lieben Waffen glänzen
So hell im Morgenrot,
Man träumt von Siegeskränzen,
Man denkt auch an den Tod.

Du reicher Gott in Gnaden,
Schau her vom blauen Zelt,
Du selbst hast uns geladen
In dieses Waffenfeld.
Laß uns vor dir bestehen
Und gib uns heute Sieg;
Die Christenbanner wehen,
Dein ist, o Herr, der Krieg!

Ein Morgen soll noch kommen,
Ein Morgen mild und klar;
Sein harren alle Frommen,
Ihn schaut der Engel Schar.
Bald scheint er sonder Hülle
Auf jeden deutschen Mann –
O brich, du Tag der Fülle,
Du Freiheitstag, brich an!

Dann Klang von allen Türmen
Und Klang aus jeder Brust
Und Ruhe nach dem Stürmen
Und Lieb und Lebenslust.
Es schallt auf allen Wegen
Dann frohes Siegsgeschrei –
Und wir, ihr wackern Degen,
Wir waren auch dabei!

Max von Schenkendorf

AUF DER FELDWACHT

Mein Gewehr im Arme steh ich
Hier verloren auf der Wacht,
Still nach jener Gegend seh ich,
Hab so oft dahin gedacht!

Fernher Abendglocken klingen
Durch die schöne Einsamkeit;
So, wenn wir zusammen gingen,
Hört ichs oft in alter Zeit.

Wolken da, wie Türme, prangen,
Als säh ich im Duft mein Wien,
Und die Donau hell ergangen
Zwischen Burgen durch das Grün.

Doch, wie fern sind Strom und Türme,
Wer da wohnt, denkt mein noch kaum,
Herbstlich rauschen schon die Stürme,
Und ich stehe, wie im Traum.

Joseph von Eichendorff

REITERS MORGENGESANG

Morgenrot,
Leuchtest mir zum frühen Tod?
Bald wird die Trompete blasen,
Dann muß ich mein Leben lassen,
Ich und mancher Kamerad.

Kaum gedacht,
Wird der Lust ein End gemacht.
Gestern noch auf stolzen Rossen,
Heute durch die Brust geschossen,
Morgen in das kühle Grab.

Ach, wie bald
Schwindet Schönheit und Gestalt!
Tust du stolz mit deinen Wangen,
Die wie Milch und Purpur prangen?
Ach, die Rosen welken all!

Darum still,
Füg ich mich, wie Gott es will.
Nun, so will ich wacker streiten,
Und sollt ich den Tod erleiden,
Stirbt ein braver Reitersmann.

Wilhelm Hauff

Es wurden aber auch Kriegslieder in einem Ton geschrieben, aus dem der ganze fanatische Nationalismus spricht, der sich in der Folge noch so oft unheilvoll in der deutschen Geschichte ausgewirkt hat.

VATERLANDSLIED (1813)

Der Gott, der Eisen wachsen ließ,
Der wollte keine Knechte;
Drum gab er Säbel, Schwert und Spieß
Dem Mann in seine Rechte,
Drum gab er ihm den kühnen Mut,
Den Zorn der freien Rede,
Daß er bestände bis aufs Blut,
Bis in den Tod, die Fehde.

So wollen wir, was Gott gewollt,
Mit rechten Treuen halten,
Und nimmer im Tyrannensold
Die Menschenschädel spalten;
Doch, wer für Tand und Schande ficht,
Den hauen wir zu Scherben,
Der soll im deutschen Lande nicht
Mit deutschen Männern erben.

O Deutschland, heilges Vaterland!
O deutsche Lieb und Treue!
Du hohes Land! du schönes Land!
Dir schwören wir aufs neue:
Dem Buben und dem Knecht die Acht!
Der speise Kräh'n und Raben!
So ziehn wir aus zur Hermannsschlacht,
Und wollen Rache haben.

Laßt brausen, was nur brausen kann
In hellen, lichten Flammen!
Ihr Deutschen alle, Mann für Mann,
Fürs Vaterland zusammen!
Und hebt die Herzen himmelan
Und himmelan die Hände,
Und rufet alle, Mann für Mann,
Die Knechtschaft hat ein Ende!

Laßt klingen, was nur klingen kann,
Die Trommeln und die Flöten!
Wir wollen heute Mann für Mann
Mit Blut das Eisen röten,
Mit Henkerblut, Franzosenblut –
O süßer Tag der Rache!
Das klinget allen Deutschen gut,
Das ist die große Sache.

Laßt wehen, was nur wehen kann,
Standarten wehn und Fahnen!
Wir wollen heut uns Mann für Mann
Zum Heldentode mahnen.
Auf! Fliege hohes Siegspanier,
Voran den kühnen Reihen!
Wir siegen, oder sterben hier
Den süßen Tod der Freien.

Ernst Moritz Arndt

DAS LIED VOM STEIN (1813)

Heil, fester Stein vom festen Steine!
Heil Freiheit, Vaterland und Recht!
Sieh lange noch am deutschen Rheine
In Freuden blühen Teuts Geschlecht!
Sieh lange noch vom Sitz der Ahnen
Im schönsten Lebenssonnenschein
Die freien Enkel der Germanen,
Das freie Land, den freien Rhein!

Ernst Moritz Arndt

Nach der Niederlage Napoleons unterstützten viele Romantiker, wie Friedrich Schlegel, Joseph Görres, Friedrich de la Motte-Fouqué, ohne sich dessen deutlich bewußt zu sein, die restaurativen Kräfte. Ihnen schwebte das Mittelalter mit seiner Verbindung von Adel und Kirche, Kaiser und Papst als Modell für eine große deutsche Volksgemeinschaft vor – ein Bundes- und Ständestaat, in dem auch den Künstlern ein ihnen gebührender Platz eingeräumt werden sollte. Als sich aber durch die Ergebnisse des Wiener Kongresses (1814–1815) ihre Hoffnungen auf einen Staat dieser Art zerschlagen hatten, zogen sich fast alle Romantiker von der aktiven politischen Tätigkeit zurück, um wieder ganz den Entdeckungen und Taten in der Welt des Geistes zu leben.

Ausklang und Ende der Romantik

Die Romantiker waren älter geworden. Das meiste, was sie im letzten Jahrzehnt des 18. Jahrhunderts mit ihrer „Revolution“ hatten erreichen wollen, war Entwurf und Gedanke geblieben. Die Frühromantiker hatten, trotz ihrer andächtigen Hinwendung zur bewunderten Vergangenheit, nie das einmal Gewesene kopieren wollen, sie hatten sich das deutsche christ-

liche Mittelalter nur als Vorbild und Maßstab für eigene Schöpfungen gesetzt. Nun aber, kaum zwei Jahrzehnte später, rief der einstige, große Wortführer der Frühromantik, Friedrich Schlegel, dazu auf:
„Die alte Schönheit, eh sie ganz verschwunden, / Zu retten, fern von allen Eitelkeiten, / Das sei des Dichters hohes Ziel und Trachten.“

AN DIE DICHTER

Buhlt länger nicht mit eitlem Wortgeklinge!
Unedle laßt im Hochmut sich aufblähen,
Sich um den eignen Geist bewundernd drehen,
Beseligt, daß so Einzigs ihm gelinge.

Laßt nicht der Eitelkeit verborgne Schlinge
Aushöhlend mich eur Herz umwinden sehen.
Treu dienend nur erklimmt der Dichtung Höhen,
Wer fühlt, wie heilig Das sei, was er singe.

Den Heldenruhm, den sie zu spät jetzt achten,
Des deutschen Namens in den lichten Zeiten,
Als Rittermut der Andacht sich verbunden.

Die alte Schönheit, eh sie ganz verschwunden,
Zu retten, fern von allen Eitelkeiten,
Das sei des Dichters hohes Ziel und Trachten.

In diesem Sonett tritt der ganze Wandel zutage, der sich in der Romantik vollzogen hatte. Mit der „alten Schönheit“, die es zu retten, wieder ins Leben zu rufen gilt, meint Schlegel das Mittelalter mit seiner Einheit von Kunst, Kirche und Staat. Mit „fern von allen Eitelkeiten“ wird in diesem Gedicht von Schlegel auch das Leitbild der Frühromantik, das selbstherrliche, stolze Ich des einzelnen gestürzt, „Unedle laßt . . . / Sich um den eignen Geist bewundernd drehen, / Beseligt, daß so Einzigs ihm gelinge.“

Die ausgehende Romantik wird vom bewußten Nachleben einmal gelebten Lebens, von der Nachahmung alter Meister bestimmt. Die Maler Overbeck, Veit, Pforr, Cornelius, Schnorr von Carolsfeld, Wilhelm Schadow und andere verließen Deutschland und siedelten sich in Rom, dem Mittelpunkt der bewunderten Vergangenheit, im verlassenen Kloster San Isidoro an. Nach ihrer Haartracht – sie ließen sich die Haare bis auf die Schultern herabwachsen, was an Christus und seine Jünger erinnerte – erhielten sie den Namen „*Nazarener*".

In der Meinung, daß große Kunst nur dann entstehen könne, wenn alles Individuelle allgemein verbindlichen Gesetzen untergeordnet sei, und überzeugt, daß sie wie Raffael, Botticelli und die andern der von ihnen verehrten Meister würden malen können, wenn sie nur erst deren Glauben teilten, traten viele Nazarener zum katholischen Glauben über. Mit dem neuen Glauben übernahmen sie auch als Motive für ihre Werke den gesamten mittelalterlichen Themenkreis.

Aber nicht nur die meisten Nazarener traten zum katholischen Glauben über, in der Endzeit der Romantik griff eine wahre Konversionsbewegung um sich. Dichter, Philosophen und Gelehrte (so Friedrich und Dorothea Schlegel, Zacharias Werner, Georg Friedrich Daumer) traten, rettende Geborgenheit suchend, zum katholischen Glauben über oder kehrten, wie Brentano, reuig in den Schoß der Kirche zurück. Das Christliche, das Katholische wird geradezu ein Stilmerkmal der Spätromantik. Ähnlich wie in der Malerei der Nazarener tauchen in vielen romantischen Gedichten – auch in Gedichten von Nichtkonvertiten – christliche Themen in alten Formen, etwa der Sonettform der Renaissance, auf.

ANNONCIATENS BILD

(Bettina)

Am Hügel sitzt sie, wo von kühlen Reben
Ein Dach sich wölbt, durchrankt von bunter Wicke,
Im Abendhimmel ruhen ihre Blicke,
Wo goldne Pfeile durch die Dämmrung schweben.

Orangen sind ihr in den Schoß gegeben,
Zu zeigen, wie die Glut sie nur entzücke,
Und länger weilt die Sonne, sieht zurücke
Zum stillen Kinde in das dunkle Leben.

Der freien Stirne schwarze Locken kränzet
Ihr goldner Pomeranzen süße Blüte,
Zur Seite sitzt ein Pfau, der in den Strahlen

Der Sonne, der er sehnend ruft, erglänzet.
Mit solchen Farben wollte das Gemüte
Von Annonciata fromm ein Künstler malen.

Clemens Brentano

Max von Schenkendorf nimmt das alte Symbol ‚Christus als Gärtner' zum Motiv eines Gedichtes.

CHRIST, EIN GÄRTNER
(Nach einem alten Bilde)

Ein Gärtner geht im Garten,
Wo tausend Blumen blühn,
Und alle treu zu warten,
Ist einzig sein Bemühn.

Der gönnt er sanften Regen
Und jener Sonnenschein.
Das nenn ich treues Pflegen,
Da müssen sie gedeihn.

In liebenden Gedanken
Sieht man sie fröhlich blühn,
Sie möchten mit den Ranken
Den Gärtner all umziehn.

Und wann ihr Tag gekommen,
Legt er sie an sein Herz,

Und zu den Sel'gen, Frommen
Trägt er sie himmelwärts.

Zu seinem Paradiese,
Zu seiner schönern Welt,
Die nimmermehr, wie diese,
In Staub und Asche fällt.

Hier muß das Herz verglühen,
Das Weizenkorn verdirbt;
Dort oben gilt ein Blühen,
Das nimmermehr erstirbt.

Du Gärtner, treu und milde,
O laß uns fromm und fein
Zum himmlischen Gefilde,
Zum ew'gen Lenz gedeihn!

Die von verzehrenden Glaubensnöten, von Glaubensdurst und Glaubenswillen erfüllte Hinwendung der Romantiker zum Katholizismus hat sich in vielen Gedichten niedergeschlagen. Zu den ergreifendsten gehört „Frühlingsschrei eines Knechtes aus der Tiefe", von Clemens Brentano gedichtet (S. 161).

REUE

Fließt, o fließt in Strömen hernieder,
Tränen der Reue und büßenden Schuld!
Tage der Unschuld, ach, kehret ihr wieder! –
Fließet in Strömen, ihr Tränen, hernieder,
Ob sich erbarme der Vater der Huld.

Wie mich die Scharen von Jahren verklagen,
Allzusehr hab ich gesündigt, o Gott!
Was werd ich Zitternder, Zagender sagen,
Wenn nun der große Gerichtstag wird tagen?! –
Allzusehr hab ich gesündigt, o Gott! –

Viele verklagen – nur einer kann richten!
Dies Wort ist Balsam dem morschen Gebein!
Weil es noch Zeit ist zum Einz'gen zu flüchten,
Der jetzt noch lächelt und bald kommt zu richten,
Ach, laßt die Zeit nicht verloren uns sein! –

Viele verklagen, Du, Einz'ger! kannst richten,
O zu Dir, Einziger, wollen wir flüchten,
Ach, laß die Zeit nicht verloren uns sein! –

Zacharias Werner

GEBET

Gott, inbrünstig möcht ich beten,
Doch der Erde Bilder treten
Immer zwischen dich und mich,
Und die Seele muß mit Grauen
Wie in einen Abgrund schauen,
Strenger Gott, ich fürchte dich!

Ach, so brich auch meine Ketten!
Alle Menschen zu erretten
Gingst du ja in bittern Tod.
Irrend an der Hölle Toren,
Ach, wie bald bin ich verloren,
Hilfst du nicht in meiner Not!

Joseph von Eichendorff

Wilhelm Heinrich Wackenroder schildert in einem Kapitel der „Herzensergießungen", in dem „Brief eines jungen deutschen Malers in Rom an seinen Freund in Nürnberg", auch das Erlebnis eines Übertritts zur Katholischen Kirche:
„Und wenn ich Dir alles gestehen soll, mein teurer Jugendfreund, ... so liebe ich jetzt ein Mädchen, die meinem Herzen über alles geht, und ich werde von ihr wiedergeliebt. Mein Sinn

taumelt also in einem ewigen Frühlingsglanze umher, und ich möchte in manchen Stunden des Entzückens sagen, daß die Welt und die Sonne des Himmels ihren Glanz von mir erborgten, wenn es nicht zu frech wäre, seine Freude auf diese Art aussprechen zu wollen ... Ich bin mit ihr verlobt, und in wenigen Tagen werden wir unsre Hochzeit feiern ...

Beschreiben kann ich Dir es nicht, wie Mariens Herz immer um das Wohl meiner Seele besorgt war, als sie hörte, daß auch ich der neuen Lehre zugetan sei. Sie bat mich oft inbrünstig, zum alten, wahren Glauben zurückzukehren, und ihre liebevollen Reden brachten oft ... alles, was ich für meine Überzeugungen hielt, in Unordnung. ... Von dem, was ich Dir nun schreiben werde, sage nichts ...

Ich ging neulich in die Rotonda, weil ein großes Fest war, und eine prächtige lateinische Musik sollte aufgeführt werden, oder eigentlich anfangs nur, um meine Geliebte dort unter der betenden Menge wiederzusehen ... Der herrliche Tempel, die wimmelnde Menge Volks, die nach und nach hereindrang, und mich immer enger umgab, die glänzenden Vorbereitungen, das alles stimmte mein Gemüt zu einer wunderbaren Aufmerksamkeit. Mir war sehr feierlich zumute, und wenn ich auch, wie es einem bei solchem Getümmel zu gehen pflegt, nichts deutlich und hell dachte, so wühlte es doch auf eine so seltsame Art in meinem Innern, als wenn auch in mir etwas Besonderes vorgehen sollte. Auf einmal ward alles stiller, und über uns hub die allmächtige Musik, in langsamen, vollen, gedehnten Zügen, an, als wenn ein unsichtbarer Wind über unsern Häuptern wehte: sie wälzte sich in immer größeren Wogen fort, wie ein Meer, und die Töne zogen meine Seele ganz aus ihrem Körper heraus. Mein Herz klopfte, und ich fühlte eine mächtige Sehnsucht nach etwas Großem und Erhabenem, was ich umfangen könnte. Der volle lateinische Gesang, der sich steigend und fallend durch die schwellenden Töne der Musik durchdrängte, gleich wie Schiffe, die durch Wellen des Meeres segeln, hob mein Gemüt immer höher empor. Und indem die Musik auf diese Weise mein ganzes Wesen durchdrungen hatte, und alle meine Adern durchlief, – da hob ich meinen in mich gekehrten Blick, und sah um mich her, – und der ganze

Tempel ward lebendig vor meinen Augen, so trunken hatte mich die Musik gemacht. In dem Moment hörte sie auf, ein Pater trat vor den Hochaltar, erhob mit einer begeisterten Gebärde die Hostie, und zeigte sie allem Volke, – und alles Volk sank in die Knie, und Posaunen, und ich weiß selbst nicht was für allmächtige Töne, schmetterten und dröhnten eine erhabene Andacht durch alles Gebein.

Alles, dicht um mich herum, sank nieder, und eine geheime, wunderbare Macht zog auch mich unwiderstehlich zu Boden, und ich hätte mich mit aller Gewalt nicht aufrechterhalten können. Und wie ich nun mit gebeugtem Haupte kniete, und mein Herz in der Brust flog, da hob eine unbekannte Macht meinen Blick wieder; ich sah um mich her, und es kam mir ganz deutlich vor, als wenn alle die Katholiken, Männer und Weiber, die auf den Knien lagen, und, den Blick bald in sich gekehrt, bald auf den Himmel gerichtet, sich inbrünstig kreuzten, und sich vor die Brust schlugen und die betenden Lippen rührten, als wenn alle um meiner Seelen Seligkeit zu dem Vater im Himmel beteten, als wenn alle die Hunderte um mich herum um den einen Verlorenen in ihrer Mitte flehten, und mich in ihrer stillen Andacht mit unwiderstehlicher Gewalt zu ihrem Glauben hinüberzögen. Da sah ich seitwärts nach Marien hin, ihr Blick begegnete dem meinigen, und ich sah eine große, heilige Träne aus ihrem blauen Auge dringen. Ich wußte nicht wie mir war, ich konnte ihren Blick nicht aushalten, ich wandte den Kopf seitwärts, mein Auge traf auf einen Altar, und ein Gemälde Christi am Kreuze sah mich mit unaussprechlicher Wehmut an, – und die mächtigen Säulen des Tempels erhoben sich anbetungswürdig, wie Apostel und Heilige, vor meinen Augen, und schauten mit ihren Kapitälern voll Hoheit auf mich herab, – und das unendliche Kuppelgewölbe beugte sich wie der allumfassende Himmel über mir her, und segnete meine frommen Entschließungen ein.

Ich konnte nach der geendigten Feierlichkeit den Tempel nicht verlassen; ich warf mich in einer Ecke nieder und weinte, und ging dann mit zerknirschtem Herzen vor allen Heiligen, vor allen Gemälden vorüber, und es war mir, als dürfte ich sie nun erst recht betrachten und verehren.

Ich konnte der Gewalt in mir nicht widerstehen: – ich bin nun, teurer Sebastian, zu jenem Glauben hinübergetreten, und ich fühle mein Herz froh und leicht. Die Kunst hat mich allmächtig hinübergezogen, und ich darf wohl sagen, daß ich nun erst die Kunst so recht verstehe und innerlich fasse. Kannst Du es nennen, was mich so verwandelt, was wie mit Engelsstimmen in meine Seele hineingeredet hat, so gib ihm einen Namen, und belehre mich über mich selbst; ich folgte bloß meinem innerlichen Geiste, meinem Blute, von dem mir jetzt jeder Tropfen geläuterter vorkommt."

In Wackenroders Schilderung kommt deutlich zum Ausdruck, wie sehr der katholische Gottesdienst den Vorstellungen der Romantiker vom Zusammenwirken aller Künste zu einem einzigen Kunstwerk entgegenkam, und ebenso ihrem Bedürfnis, in Gefühlen und im Rausch zu schwelgen. „Die Kunst hat mich allmächtig hinübergezogen", schreibt Wackenroders Konvertit, „und ich darf wohl sagen, daß ich nun erst die Kunst so recht verstehe und innerlich fasse." Freilich ist dies nur ein Gesichtspunkt unter vielen, um die Flucht, beziehungsweise die Rückkehr der Romantiker in den Schoß der Kirche zu erklären.

Von Wesentlicherem berichtet Georg Friedrich Daumer nach seiner Konversion:

„Der Katholizismus ist ein Kuß, den der Himmel der Erde und die Erde dem Himmel gibt. Er ist die große heilige, sinnlich-geistige und geistig-sinnliche Verbindung und Wiedervereinigung zweier im Zwiespalt auseinandergetretener, doch nie völlig zu trennender und nur in ihrer innigsten Verschmelzung das Wahre, Vollkommene, Genügende darstellender Sphären der Existenz, des Bewußtseins und der allgemeinen Lebensentwicklung."

Aus diesen Worten Daumers erhellt, wie die Romantiker ihr von Anbeginn angestrebtes, aber bis dahin nie erreichtes Ziel – das Ich mit allem Außer-dem-Ich-Seienden zu verschmelzen und in Übereinstimmung zu bringen, und das individuell Eingegrenzte im Unendlichen und Ewigen aufzulösen – nun doch noch erreicht zu haben glaubten. Auch das Sakrament der Beichte scheint unter diesem Aspekt bei vielen Romantiker-

Konversionen eine bedeutende Rolle gespielt zu haben. Lange ehe sich Clemens Brentano wieder an den katholischen Glauben anschloß, schrieb er an Arnim:

„Als ich noch klein und fromm war und zur Beichte ging, empfand ich immer tiefe, freudige Bangigkeit, eh' ich in den Beichtstuhl trat. Da die Zeit mir den Glauben genommen hatte, so konnte sie mir doch nie das Bedürfnis dazu nehmen. Meine Liebe, meine Hinneigung zu anderen waren die Sakramente, von welchen ich oft allen himmlischen Trost begehrte."

So flüchteten sich viele Romantiker, der Unsicherheit ihrer geistigen Existenz müde geworden, gequält von der Vereinsamung ihres Ichs, mit ihren Träumen von Volksgemeinschaft und Nation gescheitert, ins Christentum, dem „alles Wahre, Gute, Schöne krönenden Kulminationspunkt, der durch die Gottheit geeinten Menschheit".

Um 1830 endet das Zeitalter der Romantik. Wohl wurde auch noch nach 1830, bis in unser Jahrhundert hinein, weiter romantisiert: Wald, Sehnsucht, Ferne, Landschaft, Nacht, Burgen, Ritter, Einsiedler, Elfen, Geister, Wanderschaft – Erhabenes, Liebliches, Schauriges und Abstruses blieben noch lange die Kulissen, zwischen denen weitergespielt und mit denen weiterarrangiert wurde. Und auch noch manch schöner und echter Nachklang ist in den Gedichten von Lenau, Heine, Mörike, Storm und Hesse zu hören.

Die Wirkungen der Romantik auf unsere Zeit

Es ist kein Zufall, daß die Romantik in Deutschland ihre reinste Ausprägung fand. Die Neigung der Romantiker zu schwärmerischen Gefühlen, ihr Verlangen nach dem Unendlichen und ihr Hang zu metaphysischen Spekulationen sind Eigenschaften, die das deutsche Wesen seit alters kennzeichnen. Auch der auf die Universalität gerichtete Geist der Frühromantiker und ihre Begeisterung für alles Ferne und Fremde stimmen mit deutschen Charakterzügen überein.

In jeder Darstellung der geistigen Grundlagen des 20. Jahrhunderts spielt die Romantik eine bedeutende Rolle. Die Weltoffenheit der Romantiker, vor allem ihre außerordentliche Fähigkeit, sich in Fremdes einzufühlen, trug entscheidend zur Entstehung von Kunst- und Literaturgeschichte als wissenschaftliche Disziplinen bei. Seit der Romantik wurden die künstlerischen Zeugnisse fremder Kulturen nicht mehr wie bis dahin nach den eigenen Leistungen beurteilt und gewertet, sondern jede Kultur aus sich selbst heraus, aus ihrem eigenen Wesen zu verstehen versucht. Ob das Sprachgut des deutschen Altertums ohne die Romantiker auf uns gekommen wäre, ist fraglich. Ohne ihre Sammeltätigkeit wären wir wohl auf das Wenige angewiesen, das Herder, Goethe und vereinzelte andere vor der Romantik zusammengetragen hatten. Denn wirklich im letzten Augenblick vor der Verstädterung des Landes sammelten die Romantiker, was seit unvordenklichen Zeiten an Sagen, Märchen, Liedern und Sprüchen von Mund zu Mund weitergegeben worden war. In Almanachen, Zeitschriften und Anthologien veröffentlichten sie das Aufgefundene und erläuterten es zuweilen auch durch Nachworte, die dem Geist der deutschen Romantik ein schönes Denkmal setzen.

Jacob Grimms Arbeiten zur Sprachgeschichte und Lautverschiebung und seine vergleichenden Sprachuntersuchungen, vor allem seine „Deutsche Grammatik“, wurden die Grundlagen der Germanistik. Auf die formale und inhaltliche Entwicklung sowohl der Literatur als auch der Musik und Malerei hat die Romantik einen entscheidenden Einfluß ausgeübt und übt ihn bis heute noch aus. Um nur einiges zu nennen, sei an die Musik von Richard Wagner und Richard Strauss, an die Bilder von Arnold Böcklin und Hans Thoma erinnert und an Gedichte im Volksliedton, von Stefan George bis Hermann Hesse – eine Form, die vor allem durch die Romantik in die Kunstpoesie übernommen worden ist. August Wilhelm Schlegels Anregung, altgermanische Epen und Dramen wieder lebendig zu machen, fand durch Friedrich Hebbel und Richard Wagner ihre späte Verwirklichung. Auch für das von Richard Wagner geforderte Gesamtkunstwerk finden sich in der Romantik gedankliche

Entsprechungen. So begleitete Philipp Otto Runge seinen Gemäldezyklus „Die Tageszeiten“ nicht nur mit eigenen Versen, sondern er plante auch einen poetischen Kommentar, den er mit Tieck zusammen schreiben wollte. Außerdem sollte ein Komponist die Bilder, die Verse und den Kommentar mit der mächtigen Sprache der Musik ergänzen und in ein allumfassendes Größeres zusammenschmelzen.

Wie schon Wilhelm Heinrich Wackenroder, traten die Romantiker der Kunst mit einer Andacht gegenüber, die zu der Anschauung, Kunst sei eine Form von Religion und schließlich zur Kunst als Religionsersatz führte. Der Maler Pforr, der zum Kreis der Nazarener gehörte, verglich den Entschluß, Künstler zu werden, mit dem Eintritt in ein Kloster. So wurde die Kunst dem Status einer Gemeinschaft von Eingeweihten angenähert. Der Glaube der Romantiker an die Berufung des Künstlers, vor allem des Dichters, zwischen dem Göttlichen und dem Menschen ein Mittler zu sein – „Am Mast stehe ich als Sprecher, der für euch alle singt“ (Eichendorff) –, lebte in Friedrich Nietzsche und Richard Wagner ebenso weiter wie in Stefan George, Rainer Maria Rilke und vielen anderen.

Viele ästhetische Theorien, welche die heutige Kunst mitbestimmen, wurden vor mehr als 150 Jahren in der Romantik zum erstenmal konzipiert und ausgesprochen. Die im folgenden zitierten Sätze von Novalis könnten aus unseren Tagen stammen, formuliert von Vertretern experimenteller Lyrik und Prosa:

„Erzählungen, ohne Zusammenhang, jedoch mit Assoziationen, wie Träume; Gedichte – bloß wohlklingend und voll schöner Worte – aber auch ohne allen Sinn und Zusammenhang – höchstens einige Strophen verständlich – sie müssen wie lauter Bruchstücke aus den verschiedenartigsten Dingen (sein). Höchstens kann wahre Poesie einen allegorischen Sinn im großen haben und eine indirekte Wirkung wie Musik tun ...“ – „Poesie = Gemütserregungskunst“ – „Es können Augenblicke kommen, wo ABC-Bücher und Compendia uns poetisch erscheinen.“ – „Poesie ist Poesie. Von Redekunst himmelweit verschieden.“

Auch Tieck wirft einen kühnen Blick in die Zukunft:

„Glaubt ihr nicht, daß es künftigen Zeiten möglich sein wird, Sachen darzustellen und Geschichten und Erfindungen auszudrücken auf eine Art, von der wir jetzt nicht einmal eine Vorstellung haben?"

In ihrer Entdeckerfreude streiften die Romantiker ahnungsvoll manches, was erst in unseren Tagen in seiner ganzen Bedeutung erfaßt wird. Dazu gehört der ganze Komplex des Unbewußten, des Unterbewußtseins, mit dessen Erforschung und Beherrschung sich heutzutage sowohl die Wissenschaft als auch die Kunst beschäftigen. Wie weit die Romantiker ihrer Zeit vorauseilten, zeigen einige Äußerungen wiederum von Tieck – Gedanken, die sich gegenwärtig zu einer exakten Wissenschaft von den biologischen Grundlagen der Kunst entwickeln:

„Schönheitssinn und Kunstgefühl sind nur andere Dialekte und Aussprachen. Sie bezeichnen nichts weiter als den Trieb des Menschen zur Wollust." – „Ich halte selbst Andacht für einen abgeleiteten Kanal des rohen Sinnentriebes." Ansichten dieser Art hatte zunächst Nietzsche weiterentwickelt, als er parallel zur Lehre Darwins, der den Menschen in die Entwicklungsgeschichte aller Lebewesen eingliederte, auch das geistige Dasein des Menschen in die Psychologie der Triebe und ihres Willens zur Macht einreihte.

Mit der romantischen Ironie war der europäische Nihilismus unverhüllt in Erscheinung getreten. Und wieder war es Nietzsche, der am Ende des 19. Jahrhunderts den Satz „Es ist der Menschheit eigen, daß sie sich über die Menschheit erheben muß" mit einem verwandten Gedanken aufgriff, als er den Nihilismus mit Hilfe eines „Übermenschen", der die Ergebnisse seines Denkens zum Gesetz für alle macht, überwinden wollte: Da alles möglich ist, bestimme ich, was sein soll. Von diesen Gedanken führt ein direkter Weg zu Ereignissen unserer jüngsten Vergangenheit.

Die Schuld an vielen unglücklichen Entwicklungen unserer Geschichte wird den Romantikern zugeschoben. Zwar lag die Entstehung eines deutschen Nationalstaates – und die deutschen Kleinstaaten vollzogen fast als letzte diesen Schritt – am Beginn des 19. Jahrhunderts im Zug der allgemeinen politischen

Entwicklung Europas. Aber die besondere Form des deutschen Nationalismus ist entscheidend von der Romantik mitgeprägt worden. Das gefühlsbetonte Sendungsbewußtsein der Deutschen, welches sich immer wieder überheblich äußerte, welches ungeprüfte Kraft und blinden Glauben an sich selbst höherstellte als nüchternes Prüfen und Abwägen von Realitäten, hat sich ohne Zweifel aus dem deutschtümelnden Stolz der Romantiker auf die vaterländische Vergangenheit und aus ihrer begeisterten Beschäftigung mit dieser Vergangenheit entwickelt. Für Fichte war alles Ursprüngliche, nicht in einer willkürlichen Satzung Erstorbene, deutsch. Alles andere bezeichnete er als „Ausländerei". Fichte stellte auch fest:

„Charakterhaben und Deutschsein ist ohne Zweifel gleichbedeutend."

Er versuchte sogar zu beweisen, daß die deutsche Sprache die einzige „echte" Sprache sei. Und selbst Novalis kommt zu der Ansicht, „das Beste, was die Franzosen bei der Revolution gewonnen haben, ist eine Portion Deutschheit."

Die Urbilder vieler Soldaten- und Vaterlandslieder, vor allem auch der jüngsten Vergangenheit, sind in den patriotischen Gesängen der Romantik zu finden, die sich gern in altgermanischen und mythischen Vorstellungen ergingen und in denen die selbstgerechte Bewunderung und Verherrlichung von allem, was deutsch ist, einen erschreckenden Ausdruck gefunden hat. Erschreckend, weil Selbstüberschätzung solchen Ausmaßes jede Selbstkritik bedroht und jede lebendige Weiterentwicklung hindert.

Zur Anthologie

Ziel des Textes war es, den Hintergrund sichtbar zu machen, vor dem die Werke der Romantiker zu betrachten sind, wenn man sie tiefer begreifen möchte – und verstehen will, warum sie um die Wende vom 18. zum 19. Jahrhundert entstanden sind, ja in dieser Form entstehen mußten. Die folgende Zusammenstellung von Gedichten soll die Analyse des Textes ergänzen, eine Fortsetzung sein, aus der die Romantik unmittelbar und lebendig spricht. Es wurden nur solche Dichter aufgenommen, die unbestritten zur Früh- oder Spätromantik beziehungsweise zu einem der beiden landschaftlichen Kreise gezählt werden.

Der französische Dichter und Denker Paul Valery (1871–1945) schrieb:

„Man müßte alle Vernunft verloren haben, wollte man die Romantik genau zu definieren versuchen."

In dem vorliegenden Buch wurde trotzdem versucht, „Traum und Wirklichkeit der Romantik" darzustellen – nicht mit der Absicht, den Geist dieser Epoche zu definieren, sondern ihre Vielschichtigkeit sichtbar zu machen. Und wenn auch diese Darstellung noch vieles im Dunkeln läßt, ist eines doch sicher: Von der Kunst der Romantik, vor allem von den Meisterwerken ihrer Poesie gilt, was Max Kommerell einmal als Merkmal aller wahren Dichtung bezeichnete: „Wir lesen und fühlen uns ergänzt um ein Unbekanntes, und doch tiefer mit uns selbst bekannt."

ANTHOLOGIE

LUDWIG TIECK
1773–1853

Ludwig Tieck wurde 1773 als Sohn eines Seilermeisters in Berlin geboren. Er begann 1792 Geschichte, Archäologie und Philologie in Halle, Göttingen und Erlangen zu studieren. Von Erlangen aus wanderte er mit seinem Studienfreund Heinrich Wilhelm Wackenroder, mit dem er schon in Berlin zusammen das Friedrichwerdersche Gymnasium besucht hatte, durch die mittelalterlichen Städte Frankens, vor allem Bamberg und Nürnberg. Er wird zu den Mitbegründern der Romantik gezählt. 1799/1800 gehörte er in Jena zum Kreis um die Brüder Schlegel, „der übermütigen Götterbuben", wie der Dichter Christoph M. Wieland (1733–1813) sie nannte. Er war ein unermüdlicher Anreger und Förderer von neuen Ideen. Hamburg, Dresden (Dramaturg am Hoftheater), München, Frankfurt a. d. Oder waren, ebenso wie Rom, London und Prag, Stationen seines bewegten und ereignisreichen Lebens. 1798 verheiratete er sich mit Amalie Alberti. 1842 wurde er von König Friedrich Wilhelm IV. als Berater des Königlichen Schauspielhauses und persönlicher Vorleser nach Berlin gerufen.
Tieck gilt als der Schöpfer des Kunstmärchens. Er schrieb Dramen, Romane, Erzählungen und Gedichte. Er wurde als Übersetzer, vor allem der Werke Shakespeares, als Kritiker und als Herausgeber – unter anderem der Schriften von Wackenroder (1816), Novalis, Heinrich von Kleist (1821) und R. M. Lenz (1828) – bekannt. 1853 starb er in Berlin.

EINE STIMME

Mondbeglänzte Zaubernacht,
Die den Sinn gefangen hält,
Wundervolle Märchenwelt,
Steig auf in der alten Pracht!

WALDLIED

Waldnacht! Jagdlust!
Leis und ferner
Klingen Hörner,
Hebt sich, jauchzt die freie Brust!
Töne, töne nieder zum Tal,
Freun sich, freun sich allzumal
Baum und Strauch beim muntern Schall.

Kling nur, Bergquell!
Epheuranken
Dich umschwanken,
Rieseln durch die Klüfte schnell!
Fliehet, flieht das Leben so fort,
Wandelt hier, dann ist es dort, –
Hallt, zerschmilzt ein lustig Wort.

Waldnacht! Jagdlust!
Daß die Liebe
Bei uns bliebe,
Wohnen blieb in treuer Brust!
Wandelt, wandelt sich allzumal,
Fliehet gleich dem Hörnerschall: –
Einsam, einsam grünes Tal.

Kling nur, Bergquell!
Ach, betrogen –
Wasserwogen
Rauschen abwärts nicht so schnell!
Liebe, Leben, sie eilen hin,
Keins von beiden trägt Gewinn: –
Ach, daß ich geboren bin!

Waldeinsamkeit,
Die mich erfreut,

So morgen wie heut
In ewger Zeit,
O wie mich freut
Waldeinsamkeit.

AUGUST WILHELM SCHLEGEL
1767–1845

August Wilhelm Schlegel wurde 1767 in Hannover geboren. Er studierte ab 1786 in Göttingen Theologie und Philosophie und ließ sich, nachdem er 1791–95 Hauslehrer in Amsterdam gewesen war, in Jena nieder. Dort war er zunächst Mitarbeiter an Schillers „Musenalmanach" und den „Horen". 1796 Privatdozent, seit 1798 Professor in Jena. 1796 heiratete er Caroline, geborene Michaelis, die Witwe des Arztes Böhmer, die sich nach ihrer Scheidung von August Wilhelm Schlegel 1803 mit dem Philosophen Friedrich Wilhelm Schelling verheiratete. 1798–1800 gab er mit seinem Bruder Friedrich Schlegel die erste Zeitschrift der Romantiker, „Athenäum", heraus. 1801–04 hielt er in Berlin seine berühmten „Vorlesungen über schöne Literatur und Kunst", die als System der romantischen Kunst- und Weltanschauung gelten. Als literarischer und pädagogischer Berater begleitete er Madame de Staël 1804–1808 auf ihren Reisen nach Italien, Frankreich, Rußland, Dänemark und Schweden. Er lebte längere Zeit auf dem Schloß der Madame de Staël am Genfer See. 1808 hielt er „Vorlesungen über dramatische Kunst und Literatur", die als Buchausgabe die erfolgreichste Veröffentlichung der Romantik wurden. 1812 flüchtete er mit Madame de Staël nach England. Als Geheimer Sekretär des Kronprinzen von Schweden schrieb er Manifeste gegen Napoleon. Seit 1818 Professor für indische Philologie in Bonn. 1818 Heirat mit Sophie Paulus, von der er sich 1821 wieder trennte. Er gilt als der Begründer der altindischen Philologie. Übersetzer zahlreicher ausländischer Klassiker, unter anderen Cervantes, Calderon (den er entdeckte und in die deutsche Literatur einführte), Dante, 17 Dramen von Shakespeare (1797–1810), romanische

Lyrik („Blumensträuße italienischer, spanischer und portugiesischer Poesie“) und indische Dichtungen (Bhagawadgita). Er schrieb auch zahlreiche eigene Dichtungen, Theaterstücke und vor allem Lyrik. 1845 starb er in Bonn.

Nicht bloß die Blume welkt, das Duftgewebe
Der Frühe reißt, entflieht des Lenzes Prangen,
Nicht bloß erbleichen junge Rosenwangen.
Dem Geist auch drohts, daß er sich überlebe.

Wie kühn er erst auf freien Flügeln schwebe,
Dumpf gnügsam bleibt er bald am Boden hangen.
O wißt Ihr für sein grenzenlos Verlangen,
Weis' oder Dichter, keinen Trank der Hebe?

ROMEO UND JULIA

Den Sterblichen ward nur ein flüchtig Leben:
Dies flüchtge Leben, welch ein matter Traum!
Sie tappen auch bei ihrem kühnsten Streben
Im Dunkel hin, und kennen selbst sich kaum.
Das Schicksal mag sie drücken oder heben:
Wo findet ein unendlich Sehnen Raum?
Nur Liebe kann den Erdenstaub beflügeln,
Nur sie allein des Himmels Tor entsiegeln.

Und ach! sie selbst, die Königin der Seelen,
Wie oft erfährt sie des Geschickes Neid!
Manch liebend Paar zu trennen und zu quälen,
Ist Haß und Stolz verschworen und bereit.
Sie müssen schlau die Augenblicke stehlen
Und wachsam lauschen in der Trunkenheit,
Und, wie auf wilder Well in Ungewittern,
Vor Todesangst und Götterwonne zittern.

Doch der Gefahr kann Zagheit nur erliegen,
Der Liebe Mut erschwillt, je mehr sie droht.
Sich innig fest an den Geliebten schmiegen,
Sonst kennt sie keine Zuflucht in der Not.
Entschlossen sterben oder glücklich siegen
Ist ihr das erste, heiligste Gebot.
Sie fühlt, vereint, noch frei sich in den Ketten
Und schaudert nicht, bei Toten sich zu betten.

Ach! schlimmer drohn ihr lächelnde Gefahren,
Wenn sie des Zufalls Tücken überwand.
Vergänglichkeit muß jede Blüt erfahren:
Hat aller Blüten Blüte mehr Bestand?
Die wie durch Zauber fest geschlungen waren,
Löst Glück und Ruh und Zeit mit leiser Hand;
Und jedem fremden Widerstand entronnen,
Ertränkt sich Lieb im Becher eigner Wonnen.

AVE MARIA

Die Jungfrau ruht, nur Demut ihr Geschmeide,
Im Abendschatten an der Hütte Tor.
Sie weiß nicht, daß sie Gott zur Braut erkor,
Doch stilles Sinnen ist ihr Seelenweide.

Da sieh! ein Jüngling tritt im lichten Kleide,
Den Palmenzweig in seiner Hand, hervor.
Voll süßen Schauers bebet sie empor,
Denn seine Stirn ist Morgenrot der Freude.

Gegrüßt, Maria! tönt sein holder Mund
Und tut das wundervolle Heil ihr kund,
Wie Kraft von oben her sie soll umwallen.

Und sie, die Arm' auf ihre Brust gelegt,
Wo sichs geheim und innig liebend regt,
Spricht: mir geschehe nach des Herrn Gefallen.

Caspar David Friedrich, Gemälde von Caroline Bardua.

Oben: Caspar David Friedrich, Männer, den Mond betrachtend. Aquarell.

Rechts: Caspar David Friedrich, Das Felsentor im Uttenwalder Grund. Aquarell.

Caspar David Friedrich, Klosterfriedhof im Schnee. Gemälde.

FRIEDRICH SCHLEGEL
1772–1828

Friedrich Schlegel wurde 1772 in Hannover geboren. Nach kurzer Kaufmannslehre studierte er 1790 in Göttingen und 1791–94 in Leipzig Rechtswissenschaft, dann klassische Philologie und schließlich Geschichte der Kunst. Als Wortführer der Frühromantik gab er 1791–1800 zusammen mit seinem Bruder August Wilhelm Schlegel die erste Zeitschrift der Romantiker, „Athenäum", heraus. Als Privatdozent in Jena (1800–1801) heiratete er nach ihrer Scheidung von dem Bankier S. Veit Dorothea Veit, eine Tochter des Philosophen Moses Mendelssohn, und siedelte 1803–1806 mit ihr nach Paris über, wo er philosophische Vorlesungen hielt. 1808 trat er zusammen mit seiner Frau zum katholischen Glauben über. Im gleichen Jahr wurde er Hofsekretär in der Wiener Staatskanzlei. 1809 verfaßte er im Hauptquartier des Erzherzogs Karl patriotische Manifeste und war Redakteur der Armeezeitung. Er nahm an den Verhandlungen des Wiener Kongresses (1814–1815) teil und wirkte 1815–18 als Legationsrat der österreichischen Gesandtschaft beim Deutschen Bundestag in Frankfurt. Er hinterließ auch zahlreiche wissenschaftliche Aufsätze, unter anderem eine Philosophie der Sprache. 1828 starb er während eines Vortrags in Dresden an einem Schlaganfall.

DER WANDERER

Sanfte Ebb und hohe Flut
Tief im Mut,
Wandr' ich so im Dunkel weiter,
Steige mutig, singe heiter,
Und die Welt erscheint mir gut.

Alles Reine
Seh ich mild im Widerscheine,
Nichts verworren
In des Tages Glut verdorren:
Froh umgeben, doch alleine.

ERSCHEINUNG

O wie lieb ich die Sachen,
Die mit mir spielen!
O wie bunt sind die Kinder,
Die mit mir fliegen!

Sie scheinen mich zu hüten,
Und geben Süßes.
Ich sehe, daß ich glänze,
Und habe Flügel.

DAS MÄDCHEN

Wie so innig, möcht ich sagen,
Sich der meine mir ergibt,
Um zu lindern meine Klagen,
Daß er nicht so innig liebt.

Will ichs sagen, so entschwebt es;
Wären Töne mir verliehen,
Flöß es hin in Harmonien,
Denn in jenen Tönen lebt es;
Nur die Nachtigall kann sagen,
Wie er innig sich mir gibt,
Um zu lindern meine Klagen,
Daß er nicht so innig liebt.

DER HIRT

Wenn ich still die Augen lenke
Auf die abendliche Stille
Und nur denke, daß ich denke,
Will nicht ruhen mir der Wille,
Bis ich sie in Ruhe senke.

Weil noch mild der Mittag glühte,
Wollt ich an der Quelle liegen,
Mich in süße Bilder wiegen;
Da kam Anmut ins Gemüte,
Alle Wehmut zu besiegen.

Wenn ich an das Bild gedenke,
Auf die abendliche Stille
Nun die stillen Augen lenke,
Will nicht ruhen mir der Wille,
Bis ich sie in Ruhe senke.

DIE GEBÜSCHE

Es wehet kühl und leise
Die Luft durch dunkle Auen,
Und nur der Himmel lächelt
Aus tausend hellen Augen.
Es regt nur Eine Seele
Sich in der Meere Brausen,
Und in den leisen Worten,
Die durch die Blätter rauschen.
Es tönt in Welle Welle,
Wo Geister heimlich trauern;
So folgen Worte Worten,
Wo Geister Leben hauchen.
Durch alle Töne tönet
Im bunten Erdentraume
Ein leiser Ton, gezogen
Für den, der heimlich lauschet.

NOVALIS
Friedrich Leopold Freiherr von Hardenberg
1772–1801

Novalis wurde 1772 in Oberwiederstedt bei Eisleben geboren. 1790 Studium der Philosophie in Jena. Ab 1792 Studium der Rechte in Wittenberg und Leipzig. 1795 verlobte er sich in Tennstädt, wo er bei der Kreishauptmannschaft arbeitete, mit der dreizehnjährigen Sophie von Kühn, die 1797 an Schwindsucht starb. Die „Hymnen an die Nacht", die 1800 zum erstenmal im „Athenäum" veröffentlicht wurden, sind ihr gewidmet. 1797 studierte er in Freiberg in Sachsen an der Bergakademie. 1798 verlobte er sich mit Julie von Charpentier. Zunächst Salinenassessor in Weißenfels, wurde er 1801 zum Amtshauptmann der Thüringischen Bergkreise ernannt. Die geheimnisvolle „Blaue Blume" aus seinem Roman „Heinrich von Ofterdingen" wurde das Symbol der Romantik. Er war mit Heinrich Wilhelm Wackenroder bekannt und gehörte von Anfang an zum Jenaer Kreis. Er war Protestant, fühlte sich aber vom Geist der Katholischen Kirche angezogen. Seine Werke – neben Lyrik der Bildungsroman „Heinrich von Ofterdingen", Aufsätze (unter anderen die programmatische Schrift „Die Christenheit oder Europa", 1799) und die theoretisch-philosophischen Fragmente über das Romantische – gehören zum Tiefsten und Geistreichsten, was die Romantik hervorgebracht hat. 1801 starb er, 29jährig, in Weißenfels an Schwindsucht.

HYMNEN AN DIE NACHT
(Athenäumfassung)

Welcher Lebendige, Sinnbegabte, liebt nicht vor allen Wundererscheinungen des verbreiteten Raums um ihn, das allerfreuliche Licht – mit seinen Farben, seinen Strahlen und Wogen; seiner milden Allgegenwart, als weckender Tag. Wie des Lebens innerste Seele atmet es der rastlosen Gestirne Riesenwelt, und schwimmt tanzend in seiner blauen Flut – atmet es der fun-

kelnde, ewigruhende Stein, die sinnige, saugende Pflanze, und das wilde, brennende, vielgestaltete Tier – vor allen aber der herrliche Fremdling mit den sinnvollen Augen, dem schwebenden Gange, und den zartgeschlossenen, tonreichen Lippen. Wie ein König der irdischen Natur ruft es jede Kraft zu zahllosen Verwandlungen, knüpft und löst unendliche Bündnisse, hängt sein himmlisches Bild jedem irdischen Wesen um. – Seine Gegenwart allein offenbart die Wunderherrlichkeit der Reiche der Welt.

Abwärts wend ich mich zu der heiligen, unaussprechlichen, geheimnisvollen Nacht. Fernab liegt die Welt – in eine tiefe Gruft versenkt –, wüst und einsam ist ihre Stelle. In den Saiten der Brust weht tiefe Wehmut. In Tautropfen will ich hinuntersinken und mit der Asche mich vermischen. – Fernen der Erinnerung, Wünsche der Jugend, der Kindheit Träume, des ganzen langen Lebens kurze Freuden und vergebliche Hoffnungen kommen in grauen Kleidern, wie Abendnebel nach der Sonne Untergang. In andern Räumen schlug die lustigen Gezelte das Licht auf. Sollte es nie zu seinen Kindern wiederkommen, die mit der Unschuld Glauben seiner harren?

Was quillt auf einmal so ahndungsvoll unterm Herzen, und verschluckt der Wehmut weiche Luft? Hast auch du ein Gefallen an uns, dunkle Nacht? Was hältst du unter deinem Mantel, das mir unsichtbar kräftig an die Seele geht? Köstlicher Balsam träuft aus deiner Hand, aus dem Bündel Mohn. Die schweren Flügel des Gemüts hebst du empor. Dunkel und unaussprechlich fühlen wir uns bewegt – ein ernstes Antlitz seh ich froh erschrocken, das sanft und andachtsvoll sich zu mir neigt, und unter unendlich verschlungenen Locken der Mutter liebe Jugend zeigt. Wie arm und kindisch dünkt mir das Licht nun – wie erfreulich und gesegnet des Tages Abschied – Also nur darum, weil die Nacht dir abwendig macht die Dienenden, säetest du in des Raumes Weiten die leuchtenden Kugeln, zu verkünden deine Allmacht – deine Wiederkehr – in den Zeiten deiner Entfernung. Himmlischer, als jene blitzenden Sterne, dünken uns die unendlichen Augen, die die Nacht in uns geöffnet. Weiter sehn sie, als die blässesten jener zahllosen Heere – unbedürftig des

Lichts durchschaun sie die Tiefen eines liebenden Gemüts – was einen höhern Raum mit unsäglicher Wollust füllt. Preis der Weltkönigin, der hohen Verkündigerin heiliger Welten, der Pflegerin seliger Liebe – sie sendet mir dich – zarte Geliebte – liebliche Sonne der Nacht, – nun wach ich – denn ich bin Dein und Mein – du hast die Nacht mir zum Leben verkündet – mich zum Menschen gemacht – zehre mit Geisterglut meinen Leib, daß ich luftig mit dir inniger mich mische und dann ewig die Brautnacht währt.

2.

Muß immer der Morgen wiederkommen? Endet nie des Irdischen Gewalt? Unselige Geschäftigkeit verzehrt den himmlischen Anflug der Nacht. Wird nie der Liebe geheimes Opfer ewig brennen? Zugemessen ward dem Lichte seine Zeit; aber zeitlos und raumlos ist der Nacht Herrschaft. – Ewig ist die Dauer des Schlafs. Heiliger Schlaf – beglücke zu selten nicht der Nacht Geweihte in diesem irdischen Tagewerk. Nur die Toren verkennen dich und wissen von keinem Schlafe, als dem Schatten, den du in jener Dämmerung der wahrhaften Nacht mitleidig auf uns wirfst. Sie fühlen dich nicht in der goldnen Flut der Trauben – in des Mandelbaums Wunderöl, und dem braunen Safte des Mohns. Sie wissen nicht, daß du es bist, der des zarten Mädchens Busen umschwebt und zum Himmel den Schoß macht – ahnden nicht, daß aus alten Geschichten du himmelöffnend entgegentrittst und den Schlüssel trägst zu den Wohnungen der Seligen, unendlicher Geheimnisse schweigender Bote.

3.

Einst da ich bittre Tränen vergoß, da in Schmerz aufgelöst meine Hoffnung zerrann, und ich einsam stand am dürren Hügel, der in engen, dunkeln Raum die Gestalt meines Lebens barg – einsam, wie noch kein Einsamer war, von unsäglicher Angst getrieben – kraftlos, nur ein Gedanken des Elends noch. – Wie ich da nach Hilfe umherschaute, vorwärts nicht konnte und rückwärts nicht, und am fliehenden, verlöschten Leben mit unendlicher Sehnsucht hing: – da kam aus blauen Fernen – von den Höhen meiner alten Seligkeit ein Dämmerungsschauer – und mit einem Male riß das Band der Geburt – des Lichtes Fessel. Hin floh die irdische Herrlichkeit und meine Trauer mit ihr – zusammen floß die Wehmut in eine neue, unergründliche Welt – du Nachtbegeisterung, Schlummer des Himmels kamst über mich – die Gegend hob sich sacht empor; über der Gegend schwebte mein entbundner, neugeborner Geist. Zur Staubwolke wurde der Hügel – durch die Wolke sah ich die verklärten Züge der Geliebten. In ihren Augen ruhte die Ewigkeit – ich faßte ihre Hände, und die Tränen wurden ein funkelndes, unzerreißliches Band. Jahrtausende zogen abwärts in die Ferne, wie Ungewitter. An ihrem Halse weint ich dem neuen Leben entzückende Tränen. – Es war der erste, einzige Traum – und erst seitdem fühl ich ewigen, unwandelbaren Glauben an den Himmel der Nacht und sein Licht, die Geliebte.

4.

Nun weiß ich, wenn der letzte Morgen sein wird – wenn das Licht nicht mehr die Nacht und die Liebe scheucht – wenn der Schlummer ewig und nur ein unerschöpflicher Traum sein wird. Himmlische Müdigkeit fühl ich in mir. – Weit und ermüdend ward mir die Wallfahrt zum heiligen Grabe, drückend das Kreuz. Die kristallene Woge, die gemeinen Sinnen unvernehmlich, in des Hügels dunkelm Schoß quillt, an dessen Fuß die irdische Flut bricht, wer sie gekostet, wer oben stand auf dem Grenzgebirge der Welt, und hinübersah in das neue Land, in der Nacht Wohnsitz – wahrlich, der kehrt nicht in das Treiben der Welt zurück, in das Land, wo das Licht in ewiger Unruh hauset.
Oben baut er sich Hütten, Hütten des Friedens, sehnt sich und liebt, schaut hinüber, bis die willkommenste aller Stunden hinunter ihn in den Brunnen der Quelle zieht – das Irdische schwimmt obenauf, wird von Stürmen zurückgeführt, aber was heilig durch der Liebe Berührung ward, rinnt aufgelöst in verborgenen Gängen auf das jenseitige Gebiet, wo es, wie Düfte,

sich mit entschlummerten Lieben mischt. Noch weckst du, muntres Licht, den Müden zur Arbeit – flößest fröhliches Leben mir ein – aber du lockst mich von der Erinnerung moosigem Denkmal nicht. Gern will ich die fleißigen Hände rühren, überall umschaun, wo du mich brauchst – rühmen deines Glanzes volle Pracht – unverdrossen verfolgen deines künstlichen Werks schönen Zusammenhang – gern betrachten deiner gewaltigen, leuchtenden Uhr sinnvollen Gang – ergründen der Kräfte Ebenmaß und die Regeln des Wunderspiels unzähliger Räume und ihrer Zeiten. Aber getreu der Nacht bleibt mein geheimes Herz, und der schaffenden Liebe, ihrer Tochter. Kannst du mir zeigen ein ewig treues Herz? Hat deine Sonne freundliche Augen, die mich erkennen? Fassen deine Sterne meine verlangende Hand? Geben mir wieder den zärtlichen Druck und das kosende Wort? Hast du mit Farben und leichtem Umriß Sie geziert – oder war Sie es, die deinem Schmuck höhere, liebere Bedeutung gab? Welche Wollust, welchen Genuß bietet dein Leben, die aufwögen des Todes Entzückungen? Trägt nicht alles, was uns begeistert, die Farbe der Nacht? Sie trägt dich mütterlich, und ihr verdankst du all deine Herrlichkeit. Du verflögst in dir selbst – in endlosen Raum zergingst du, wenn sie dich nicht hielte, dich nicht bände, daß du warm würdest und flammend die Welt zeugtest. Wahrlich ich war, eh du warst – die Mutter schickte mit meinen Geschwistern mich, zu bewohnen deine Welt, sie zu heiligen mit Liebe, daß sie ein ewig angeschautes Denkmal werde – zu bepflanzen sie mit unverwelklichen Blumen. Noch reiften sie nicht diese göttlichen Gedanken – Noch sind der Spuren unserer Offenbarung wenig – Einst zeigt deine Uhr das Ende der Zeit, wenn du wirst wie unser einer, und voll Sehnsucht und Inbrunst auslöschest und stirbst. In mir fühl ich deiner Geschäftigkeit Ende – himmlische Freiheit, selige Rückkehr. In wilden Schmerzen erkenn ich deine Entfernung von unserer Heimat, deinen Widerstand gegen den alten, herrlichen Himmel. Deine Wut und dein Toben ist vergebens. Unverbrennlich steht das Kreuz – eine Siegesfahne unsers Geschlechts.

Hinüber wall ich,
Und jede Pein
Wird einst ein Stachel
Der Wollust sein.
Noch wenig Zeiten,
So bin ich los,
Und liege trunken
Der Lieb im Schoß.
Unendliches Leben
Wogt mächtig in mir,
Ich schaue von oben
Herunter nach dir.
An jenem Hügel
Verlischt dein Glanz –
Ein Schatten bringet
Den kühlenden Kranz.
O! sauge, Geliebter,
Gewaltig mich an,
Daß ich entschlummern
Und lieben kann.
Ich fühle des Todes
Verjüngende Flut,
Zu Balsam und Äther
Verwandelt mein Blut –
Ich lebe bei Tage
Voll Glauben und Mut
Und sterbe die Nächte
In heiliger Glut.

5.

Über der Menschen weitverbreitete Stämme herrschte vor Zeiten ein eisernes Schicksal mit stummer Gewalt. Eine dunkle, schwere Binde lag um ihre bange Seele – Unendlich war die Erde – der Götter Aufenthalt, und ihre Heimat. Seit Ewigkeiten stand ihr geheimnisvoller Bau. Über des Morgens roten Bergen, in des

Meeres heiligem Schoß wohnte die Sonne, das allzündende, lebendige Licht. Ein alter Riese trug die selige Welt. Fest unter Bergen lagen die Ursöhne der Mutter Erde. Ohnmächtig in ihrer zerstörenden Wut gegen das neue herrliche Göttergeschlecht und dessen Verwandte, die fröhlichen Menschen. Des Meers dunkle, grüne Tiefe war einer Göttin Schoß. In den kristallenen Grotten schwelgte ein üppiges Volk. Flüsse, Bäume, Blumen und Tiere hatten menschlichen Sinn. Süßer schmeckte der Wein von sichtbarer Jugendfülle geschenkt – ein Gott in den Trauben – eine liebende, mütterliche Göttin, emporwachsend in vollen goldenen Garben – der Liebe heilger Rausch ein süßer Dienst der schönsten Götterfrau – ein ewig buntes Fest der Himmelskinder und der Erdbewohner rauschte das Leben, wie ein Frühling, durch die Jahrhunderte hin – Alle Geschlechter verehrten kindlich die zarte, tausendfältige Flamme, als das Höchste der Welt. Ein Gedanke nur war es, ein entsetzliches Traumbild,

Das furchtbar zu den frohen Tischen trat
Und das Gemüt in wilde Schrecken hüllte.
Hier wußten selbst die Götter keinen Rat,
Der die beklommene Brust mit Trost erfüllte.
Geheimnisvoll war dieses Unholds Pfad,
Des Wut kein Flehn und keine Gabe stillte;
Es war der Tod, der dieses Lustgelag
Mit Angst und Schmerz und Tränen unterbrach.

Auf ewig nun von allem abgeschieden,
Was hier das Herz in süßer Wollust regt,
Getrennt von den Geliebten, die hienieden
Vergebne Sehnsucht, langes Weh bewegt,
Schien matter Traum dem Toten nur beschieden,
Ohnmächtiges Ringen nur ihm auferlegt.
Zerbrochen war die Woge des Genusses
Am Felsen des unendlichen Verdrusses.

Mit kühnem Geist und hoher Sinnenglut
Verschönte sich der Mensch die grause Larve,

Ein sanfter Jüngling löscht das Licht und ruht –
Sanft wird das Ende, wie ein Wehn der Harfe.
Erinnerung schmilzt in kühler Schattenflut,
So sang das Lied dem traurigen Bedarfe.
Doch unenträtselt blieb die ewge Nacht,
Das ernste Zeichen einer fernen Macht.

Zu Ende neigte die alte Welt sich. Des jungen Geschlechts Lustgarten verwelkte – hinauf in den freieren, wüsten Raum strebten die unkindlichen, wachsenden Menschen. Die Götter verschwanden mit ihrem Gefolge – Einsam und leblos stand die Natur. Mit eiserner Kette band sie die dürre Zahl und das strenge Maß. Wie in Staub und Lüfte zerfiel in dunkle Worte die unermeßliche Blüte des Lebens. Entflohn war der beschwörende Glauben, und die allverwandelnde, allverschwisternde Himmelsgenossin, die Phantasie. Unfreundlich blies ein kalter Nordwind über die erstarrte Flur, und die erstarrte Wunderheimat verflog in den Äther. Des Himmels Fernen füllten mit leuchtenden Welten sich. Ins tiefre Heiligtum, in des Gemüts höhern Raum zog mit ihren Mächten die Seele der Welt – zu walten dort bis zum Anbruch der tagenden Weltherrlichkeit. Nicht mehr war das Licht der Götter Aufenthalt und himmlisches Zeichen – den Schleier der Nacht warfen sie über sich. Die Nacht ward der Offenbarungen mächtiger Schoß – in ihn kehrten die Götter zurück – schlummerten ein, um in neuen herrlichern Gestalten auszugehn über die veränderte Welt. Im Volk, das vor allen verachtet zu früh reif und der seligen Unschuld der Jugend trotzig fremd geworden war, erschien mit niegesehenem Angesicht die neue Welt – In der Armut dichterischer Hütte – Ein Sohn der ersten Jungfrau und Mutter – Geheimnisvoller Umarmung unendliche Frucht. Des Morgenlands ahndende, blütenreiche Weisheit erkannte zuerst der neuen Zeit Beginn – Zu des Königs demütiger Wiege wies ihr ein Stern den Weg. In der weiten Zukunft Namen huldigten sie ihm mit Glanz und Duft, den höchsten Wundern der Natur. Einsam entfaltete das himmlische Herz sich zu einem Blütenkelch allmächtiger Liebe – des Vaters hohem Antlitz zugewandt und ruhend an dem ahndungsselgen Busen der lieblich ernsten Mutter. Mit vergötternder Inbrunst schaute das weissagende Auge des blühenden Kindes auf die Tage der Zukunft, nach seinen Geliebten, den Sprossen seines Götterstamms; unbekümmert über seiner Tage irdisches Schicksal. Bald sammelten die kindlichsten Gemüter von inniger Liebe wundersam ergriffen sich um ihn her. Wie Blumen keimte ein neues fremdes Leben in seiner Nähe. Unerschöpfliche Worte und der Botschaften fröhlichste fielen wie Funken eines göttlichen Geistes von seinen freundlichen Lippen. Von ferner Küste, unter Hellas heiterm Himmel geboren, kam ein Sänger nach Palästina und ergab sein ganzes Herz dem Wunderkinde:

Der Jüngling bist du, der seit langer Zeit
Auf unsern Gräbern steht in tiefen Sinnen;
Ein tröstlich Zeichen in der Dunkelheit –
Der höhern Menschheit freudiges Beginnen.
Was uns gesenkt in tiefe Traurigkeit
Zieht uns mit süßer Sehnsucht nun von hinnen.
Im Tode ward das ewge Leben kund,
Du bist der Tod und machst uns erst gesund.

Der Sänger zog voll Freudigkeit nach Indostan – das Herz von süßer Liebe trunken; und schüttete in feurigen Gesängen es unter jenem milden Himmel aus, daß tausend Herzen sich zu ihm neigten, und die fröhliche Botschaft tausendzweigig emporwuchs. Bald nach des Sängers Abschied ward das köstliche Leben ein Opfer des menschlichen tiefen Verfalls – Er starb in jungen Jahren, weggerissen von der geliebten Welt, von der weinenden Mutter und seinen zagenden Freunden. Der unsäglichen Leiden dunkeln Kelch leerte der liebliche Mund – In entsetzlicher Angst nahte die Stunde der Geburt der neuen Welt. Hart rang er mit des alten Todes Schrecken – Schwer lag der Druck der alten Welt auf ihm. Noch einmal sah er freundlich nach der Mutter – da kam der ewigen Liebe lösende Hand – und er entschlief. Nur wenig Tage hing ein tiefer Schleier über

das brausende Meer, über das bebende Land – unzählige Tränen weinten die Geliebten – Entsiegelt war das Geheimnis – himmlische Geister hoben den uralten Stein vom dunkeln Grabe. Engel saßen bei dem Schlummernden – aus seinen Träumen zart gebildet – Erwacht in neuer Götterherrlichkeit erstieg er die Höhe der neugebornen Welt – begrub mit eigner Hand den alten Leichnam in die verlaßne Höhle, und legte mit allmächtiger Hand den Stein, den keine Macht erhebt, darauf.
Noch weinen deine Lieben Tränen der Freude, Tränen der Rührung und des unendlichen Danks an deinem Grabe – sehn dich noch immer, freudig erschreckt, auferstehn – und sich mit dir; sehn dich weinen mit süßer Inbrunst an der Mutter seligem Busen, ernst mit den Freunden wandeln, Worte sagen, wie vom Baum des Lebens gebrochen; sehen dich eilen mit voller Sehnsucht in des Vaters Arm, bringend die junge Menschheit, und der goldnen Zukunft unversieglichen Becher. Die Mutter eilte bald dir nach – in himmlischem Triumph – Sie war die Erste in der neuen Heimat bei dir. Lange Zeiten entflossen seitdem, und in immer höherm Glanze regte deine neue Schöpfung sich – und Tausende zogen aus Schmerzen und Qualen, voll Glauben und Sehnsucht und Treue dir nach – wallen mit dir und der himmlischen Jungfrau im Reiche der Liebe – dienen im Tempel des himmlischen Todes und sind in Ewigkeit dein.

Gehoben ist der Stein –
Die Menschheit ist erstanden –
Wir alle bleiben dein
Und fühlen keine Banden.
Der herbste Kummer fleucht
Vor deiner goldnen Schale,
Wenn Erd und Leben weicht,
Im letzten Abendmahle.

Zur Hochzeit ruft der Tod –
Die Lampen brennen helle –
Die Jungfraun sind zur Stelle
Um Öl ist keine Not –

Erklänge doch die Ferne
Von deinem Zuge schon,
Und ruften uns die Sterne
Mit Menschenzung' und Ton.

Nach dir, Maria, heben
Schon tausend Herzen sich.
In diesem Schattenleben
Verlangten sie nur dich.
Sie hoffen zu genesen
Mit ahndungsvoller Lust –
Drückst du sie, heilges Wesen,
An deine treue Brust.

So manche, die sich glühend
In bittrer Qual verzehrt,
Und dieser Welt entfliehend
Nach dir sich hingekehrt;
Die hilfreich uns erschienen
In mancher Not und Pein –
Wir kommen nun zu ihnen
Um ewig da zu sein.

Nun weint an keinem Grabe,
Für Schmerz, wer liebend glaubt.
Der Liebe süße Habe
Wird keinem nicht geraubt –
Die Sehnsucht ihm zu lindern,
Begeistert ihn die Nacht –
Von treuen Himmelskindern
Wird ihm sein Herz bewacht.

Getrost, das Leben schreitet
Zum ewgen Leben hin;
Von innrer Glut geweitet
Verklärt sich unser Sinn.
Die Sternwelt wird zerfließen

Zum goldnen Lebenswein,
Wir werden sie genießen
Und lichte Sterne sein.

Die Lieb' ist frei gegeben,
Und keine Trennung mehr.
Es wogt das volle Leben
Wie ein unendlich Meer.
Nur Eine Nacht der Wonne –
Ein ewiges Gedicht –
Und unser aller Sonne
Ist Gottes Angesicht.

6.

SEHNSUCHT NACH DEM TODE

Hinunter in der Erde Schoß,
Weg aus des Lichtes Reichen,
Der Schmerzen Wut und wilder Stoß
Ist froher Abfahrt Zeichen.
Wir kommen in dem engen Kahn
Geschwind am Himmelsufer an.

Gelobt sei uns die ewge Nacht,
Gelobt der ewge Schlummer.
Wohl hat der Tag uns warm gemacht,
Und welk der lange Kummer.
Die Lust der Fremde ging uns aus,
zum Vater wollen wir nach Haus.

Was sollen wir auf dieser Welt
Mit unsrer Lieb und Treue.
Das Alte wird hintangestellt,
Was soll uns dann das Neue.

O! einsam steht und tiefbetrübt,
Wer heiß und fromm die Vorzeit liebt.

Die Vorzeit, wo die Sinne licht
In hohen Flammen brannten,
Des Vaters Hand und Angesicht
Die Menschen noch erkannten.
Und hohen Sinns, einfältiglich
Noch mancher seinem Urbild glich.

Die Vorzeit, wo noch blütenreich
Uralte Stämme prangten,
Und Kinder für das Himmelreich
Nach Qual und Tod verlangten.
Und wenn auch Lust und Leben sprach
Doch manches Herz für Liebe brach.

Die Vorzeit, wo in Jugendglut
Gott selbst sich kundgegeben
Und frühem Tod in Liebesmut
Geweiht sein süßes Leben.
Und Angst und Schmerz nicht von sich trieb,
Damit er uns nur teuer blieb.

Mit banger Sehnsucht sehn wir sie
In dunkle Nacht gehüllet,
In dieser Zeitlichkeit wird nie
Der heiße Durst gestillet.
Wir müssen nach der Heimat gehn,
Um diese heilge Zeit zu sehn.

Was hält noch unsre Rückkehr auf,
Die Liebsten ruhn schon lange.
Ihr Grab schließt unsern Lebenslauf,
Nun wird uns weh und bange.
Zu suchen haben wir nichts mehr –
Das Herz ist satt – die Welt ist leer.

Georg Friedrich Kersting, Caspar David Friedrich im Atelier. Gemälde.

Caspar David Friedrich, Frau am Fenster. Gemälde.

Georg Friedrich Kersting, Paar am Fenster. Gemälde.

Georg Friedrich Kersting, Am Schreibtisch. Aquarellierte Bleistiftzeichnung.

Unendlich und geheimnisvoll
Durchströmt uns süßer Schauer –
Mir deucht, aus tiefen Fernen scholl
Ein Echo unsrer Trauer.
Die Lieben sehnen sich wohl auch
Und sandten uns der Sehnsucht Hauch.

Hinunter zu der süßen Braut,
Zu Jesus, dem Geliebten –
Getrost, die Abenddämmrung graut
Den Liebenden, Betrübten.
Ein Traum bricht unsre Banden los
Und senkt uns in des Vaters Schoß.

*

Ich sehe dich in tausend Bildern,
Maria, lieblich ausgedrückt,
Doch keins von allen kann dich schildern,
Wie meine Seele dich erblickt.

Ich weiß nur, daß der Welt Getümmel
Seitdem mir wie ein Traum verweht,
Und ein unnennbar süßer Himmel
Mir ewig im Gemüte steht.

PHILIPP OTTO RUNGE
1777–1810

Philipp Otto Runge, 1777 in Wolgast (Pommern) geboren, bildete sich nach kurzer Kaufmannslehre in Kopenhagen, Hamburg und Dresden als Maler aus. Durch Ludwig Tieck kam er zum Jenaer Kreis der Frühromantiker. Ab 1804 lebte er in Hamburg. Er ist der Schöpfer eines neuen Landschaftsbildes. Er schrieb Gedichte und Aufsätze, komponierte, sammelte plattdeutsche Märchen. Die Märchen „Von dem Fischer un syner Fru“ und „Der Machandelboom“ verdanken wir seinem Sammeleifer. Er starb 1810, 33 Jahre alt, in Hamburg.

Spielt ich still und sorgenlos,
Freudevolle Stunden,
Auf der Mutter Erde Schoß:
Wie so bald verschwunden,
Süße Freuden?
Nur beim Scheiden
Hab ich euren Wert empfunden.

Lag so still für mich allein
Unter Schatten, dunkeln Büschen,
Vor mir Wasser, Wies und Hain,
Hör im Rohr die Lüfte zischen,
Höre, wie der Vogel singet,
Daß der hohle Wald erklinget –
Horch! Trompeten nun aus Weiten,
Näher holder Töne Gleiten –
Und die Abendsonne sinkt. –
O nach diesen, diesen Tönen
Möcht ich immer satt mich sehnen!

Krausen sich die leichten Wolken,
Hell vergoldet ihre Ränder,
Hinter ihnen ferne Länder. –
Ha! in dunkler Bäume Schatten,
Als die Sonne war gesunken,
Sah ich liebliche Gestalten
Schimmern, schwinden in dem Wald! –
Und ich seh sie nimmer wieder?
Nie die liebe schöne Seele,
Die aus dunkeln Augen blitzte,
Die Gestalt, mit glühnden Schmerzen
Mir geschrieben tief im Herzen? –

Nach dem Schimmer, nach den Tönen
Muß ich mich nun ewig sehnen?

Liebesgeist, den ich empfinde,
Odem, tief in innrer Seele!
Bei der Arbeit, was ich treibe,
Wo ich gehe, was ich denke,
Immer ist es nur dies Liebe,
Das im Grund der Seele webet,
Wohin alles, alles ziehet.
Und in aller Wesen Reihe
Find ich dich nicht, liebe Seele?
Ging ich auch in ferne Länder,
Dieses süße Bild zu schauen,
Das sich mir in eigner Seele
Fest und fester hat erzeuget,
Nicht in fremden Menschenkreisen,
Nicht in aller Volkesmenge,
Nirgends wird es mir begegnen,
Wie nicht hier am klaren Bache,
Wo ich sitz im stillen Tale?
Alle Hoffnung ist verschwunden:
Nach dem Schimmer, nach dem Glanze,
Nach den vollen, süßen, lieben Tönen
Muß ich mich nun ewig, ewig sehnen?

DIE BLUME DER BLUMEN

(Zu dem Entwurf „Die Quelle")

Es blüht eine schöne Blume
In einem weiten Land;
Die ist so selig geschaffen,
Und wenigen bekannt.
Ihr Duft erfüllet die Tale,
Ihr Glanz erleuchtet den Wald;
Und wenn ein Kranker sie siehet,
Er gesundet alsobald.

Erglänzt am Morgen die Sonne,
Da wähnt' ich, ich sollte sie sehn.
Sie sank in Abendwolken,
Ich sehnte mich, mitzugehn.
Sanft war der Mond erschienen,
Im stillen Glanz der Raum,
Da klangen der Nachtigall Töne –
Doch alles war nur ein Traum.

Drei Könige kamen gezogen
Zu einem Heiligtum.
Der Stern stand über dem Hause,
Dring lag die süße Blum. –
Wenn sich zween Augen wenden
Gleichwie zwei Sternelein,
Ach! wünsch ich: Möcht im Herzen
Dies edle Blümclein sein!

CLEMENS BRENTANO
1778–1842

Clemens Brentano wurde 1778 in Ehrenbreitstein als Sohn eines in Frankfurt ansässigen italienischen Kaufmanns geboren. Seine Mutter Maximiliane von La Roche soll ein Vorbild für Goethes Lotte in „Die Leiden des jungen Werthers" gewesen sein. Nach kurzer Kaufmannslehre studierte Brentano in Halle und trat 1794 ins väterliche Geschäft ein. Ab 1797 nahm er sein Studium in Halle und Jena wieder auf, lebte aber schon damals fast nur noch seinen literarischen Neigungen. 1802 lernte er in Göttingen Achim von Arnim kennen. 1803 heiratete er die Dichterin Sophie Mereau. Neben Übersetzungen italienischer und spanischer Novellen entstanden in jenen Jahren seine ersten Werke. Zusammen mit Achim von Arnim und Joseph Görres gilt er als Gründer der Heidelberger Romantik. 1805–08 entstand in Zusammenarbeit mit Arnim „Des Knaben Wunderhorn". Ebenfalls mit Arnim zusammen gab er die „Zeitung für

Einsiedler“ heraus. 1806 starb Sophie Mereau. 1807 verheiratete er sich mit der 16jährigen Augusta Busmann, von der er sich 1811 wieder trennte. Nach der Auflösung seiner zweiten Ehe führte er ein unstetes Leben: Deutschland, Böhmen, Frankreich, die Schweiz und Tirol sind Stationen seines Lebens. 1817 verliebte er sich in Berlin in die Dichterin Luise Hensel, die aber seine wiederholten Heiratsanträge abwies. Unter ihrem Einfluß schloß er sich 1817 wieder dem katholischen Glauben an. Brentano starb 1842 in Aschaffenburg. Neben seiner Lyrik gehören die „Geschichte vom braven Kasperl und dem schönen Annerl“ und das Märchen „Gockel, Hinkel und Gackeleia“ zu den Meisterwerken der Romantik. Er wird oft als der formvollendetste und musikalischste aller deutschen Dichter bezeichnet.

EINGANG

Was reif in diesen Zeilen steht,
Was lächelnd winkt und sinnend fleht,
Das soll kein Kind betrüben;
Die Einfalt hat es ausgesät,
Die Schwermut hat hindurch geweht,
Die Sehnsucht hats getrieben.
Und ist das Feld einst abgemäht,
Die Armut durch die Stoppeln geht,
Sucht Ähren, die geblieben;
Sucht Lieb, die für sie untergeht,
Sucht Lieb, die mit ihr aufersteht,
Sucht Lieb, die sie kann lieben.
Und hat sie einsam und verschmäht
Die Nacht durch, dankend in Gebet,
Die Körner ausgerieben,
Liest sie, als früh der Hahn gekräht,
Was Lieb erhielt, was Leid verweht,
Ans Feldkreuz angeschrieben:
„O, Stern und Blume, Geist und Kleid,
Lieb, Leid und Zeit und Ewigkeit!“

*

Hörst du, wie die Brunnen rauschen?
Hörst du, wie die Grille zirpt?
Stille, stille, laß uns lauschen!
Selig, wer in Träumen stirbt;
Selig, wen die Wolken wiegen,
Wem der Mond ein Schlaflied singt!
O, wie selig kann der fliegen,
Dem der Traum den Flügel schwingt,
Daß an blauer Himmelsdecke
Sterne er wie Blumen pflückt:
Schlafe, träume, flieg, ich wecke
Bald dich auf und bin beglückt!

ALS MIR DEIN LIED ERKLANG

Dein Lied erklang, ich habe es gehört,
Wie durch die Rosen es zum Monde zog,
Den Schmetterling, der bunt im Frühling flog,
Hast du zur frommen Biene dir bekehrt.
Zur Rose ist mein Drang,
Seit mir dein Lied erklang!

Dein Lied erklang, die Nachtigallen klagen,
Ach, meiner Ruhe süßes Schwanenlied,
Dem Mond, der lauschend von dem Himmel sieht,
Den Sternen und den Rosen muß ichs klagen,
Wohin sie sich nun schwang,
Der dieses Lied erklang!

Dein Lied erklang, es war kein Ton vergebens,
Der ganze Frühling, der von Liebe haucht,
Hat, als du sangest, nieder sich getaucht
Im sehnsuchtsvollen Strome meines Lebens,
Im Sonnenuntergang,
Als mir dein Lied erklang!

SPRICH AUS DER FERNE

Sprich aus der Ferne,
Heimliche Welt,
Die sich so gerne
Zu mir gesellt!

Wenn das Abendrot niedergesunken,
Keine freudige Farbe mehr spricht,
Und die Kränze still leuchtender Funken
Die Nacht um die schattichte Stirne flicht:

Wehet der Sterne
Heiliger Sinn
Leis durch die Ferne
Bis zu mir hin.

Wenn des Mondes still lindernde Tränen
Lösen der Nächte verborgenes Weh,
Dann wehet Friede. In goldenen Kähnen
Schiffen die Geister im himmlischen See.

Glänzender Lieder
Klingender Lauf
Ringelt sich nieder,
Wallet hinauf.

Wenn der Mitternacht heiliges Grauen
Bang durch die dunklen Wälder hinschleicht
Und die Büsche gar wundersam schauen,
Alles sich finster, tiefsinnig bezeugt:

Wandelt im Dunkeln
Freundliches Spiel,
Still Lichter funkeln
Schimmerndes Ziel.

Alles ist freundlich wohlwollend verbunden,
Bietet sich tröstend und trauernd die Hand,
Sind durch die Nächte die Lichter gewunden,
Alles ist ewig im Innern verwandt.

Sprich aus der Ferne,
Heimliche Welt,
Die sich so gerne
Zu mir gesellt!

DER SPINNERIN LIED

Es sang vor langen Jahren
Wohl auch die Nachtigall,
Das war wohl süßer Schall,
Da wir zusammen waren.

Ich sing und kann nicht weinen
Und spinne so allein
Den Faden klar und rein,
Solang der Mond wird scheinen.

Da wir zusammen waren,
Da sang die Nachtigall;
Nun mahnet mich ihr Schall,
Daß du von mir gefahren.

So oft der Mond mag scheinen,
Gedenk ich dein allein,
Mein Herz ist klar und rein,
Gott wolle uns vereinen!

Seit du von mir gefahren,
Singt stets die Nachtigall,
Ich denk bei ihrem Schall,
Wie wir zusammen waren.

Gott wolle uns vereinen,
Hier spinn ich so allein,
Der Mond scheint klar und rein,
Ich sing und möchte weinen!

FRÜHLINGSSCHREI EINES KNECHTES AUS DER TIEFE

Meister, ohne dein Erbarmen
Muß im Abgrund ich verzagen,
Willst du nicht mit starken Armen
Wieder mich zum Lichte tragen.

Jährlich greifet deine Güte
In die Erde, in die Herzen,
Jährlich weckest du die Blüte,
Weckst in mir die alten Schmerzen.

Einmal nur zum Licht geboren,
Aber tausendmal gestorben,
Bin ich ohne dich verloren,
Ohne dich in mir verdorben.

Wenn sich so die Erde reget,
Wenn die Luft so sonnig wehet,
Dann wird auch die Flur beweget,
Die in Todesbanden stehet.

Und in meinem Herzen schauert
Ein betrübter, bittrer Bronnen;
Wenn der Frühling draußen lauert,
Kommt die Angstflut angeronnen.

Wie die Zeit sie angeschwemmet,
Weh, durch giftge Erdenlagen,
Habe ich den Schacht geschlagen,
Und er ist nur schwach verdämmet!

Wenn nun rings die Quellen schwellen,
Wenn der Grund gebärend ringet,
Brechen her die bittern Wellen,
Die kein Witz, kein Fluch mir zwinget.

Andern ruf ich: „Schwimme! schwimme!"
Mir kann dieser Ruf nicht taugen!
Denn in mir ja steigt die grimme
Sindflut, bricht aus meinen Augen.

Und dann scheinen bös Gezüchte
Mir die bunten Lämmer alle,
die ich grüßte, süße Früchte,
Die mir reiften, bittre Galle.

Herr, erbarme du dich meiner,
Daß mein Herz neu blühend werde!
Mein erbarmte sich noch keiner
Von den Frühlingen der Erde.

Meister! wenn dir alle Hände
Nahn mit süß erfüllten Schalen,
Kann ich mit der bittern Spende
Meine Schuld dir nimmer zahlen.

Ach! wie ich auch tiefer wühle,
Wie ich schöpfe, wie ich weine,
Nimmer ich den Schwall erspüle
Zum Kristallgrund fest und reine!

Immer stürzen mir die Wände,
Jede Schicht hat mich belogen,
Und die arbeitblutgen Hände
Brennen in den bittern Wogen.

Weh! der Raum wird immer enger,
Wilder, wüster stets die Wogen;

Herr, o Herr, ich treibs nicht länger –
Schlage deinen Regenbogen!

Herr, ich mahne dich: Verschone!
Herr, ich hört in jungen Tagen:
Wunderbare Rettung wohne –
Ach! – in deinem Blute, sagen.

Und so muß ich zu dir schreien,
Schreien aus der bittern Tiefe.
Könntest du auch nie verzeihen,
Daß dein Knecht so kühnlich riefe.

Daß des Lichtes Quelle wieder
Rein und heilig in mir flute,
Träufle einen Tropfen nieder,
Jesus! mir von deinem Blute!

DER FEIND

Einen kenne ich,
Wir lieben ihn nicht;
Einen nenne ich,
Der die Schwerter zerbricht.
Weh! sein Haupt steht in der Mitternacht,
Sein Fuß in dem Staub,
Vor ihm weht das Laub
Zur dunklen Erde hernieder.
Ohne Erbarmen
In den Armen
Trägt er die kindisch taumelnde Welt;
Tod, so heißt er,
Und die Geister
Beben vor ihm, dem schrecklichen Held.

SOPHIE MEREAU
1770–1806

Sophie Mereau, geborene Schubart, 1770 in Altenburg geboren, heiratete 1793 den Professor der Rechte Mereau in Jena. Dort wurde sie Mitarbeiterin an Schillers „Musenalmanach". Nach ihrer Scheidung (1801) heiratete sie 1803 Clemens Brentano. Sie schrieb unter anderem den Briefroman „Amanda und Eduard" und gab zusammen mit Clemens Brentano spanische und italienische Novellen heraus. Sie gilt als die erste deutsche Berufsschriftstellerin. Sie starb 1806 in Heidelberg.

AN EIN ABENDLÜFTCHEN

Sei mir gegrüßt aus deinen reinen Höhen,
Du Himmelsluft!
O! säume nicht mich liebend anzuwehen
Mit süßem Duft!

Es lauscht in dir der hingeflohnen Zeiten
Geliebtes Bild,
Des Herzens Tausch, die Welt voll Seligkeiten,
Wie du so mild!

Die goldnen Ähren sanken schweigend nieder
Beim Sichelschall,
Da gingen wir und sangen frohe Lieder
Durchs Feld und Tal.

Du säuseltest aus blauem Äther nieder
Sanft zu uns hin,
Und küßtest uns; – wir küßten froh dich wieder
Mit leichtem Sinn.

Uns war so wohl, von deinem Hauch durchdrungen
Wie du so leicht,

Und in der Ahndung süßem Traum verschlungen,
Dem keiner gleicht.

Du kehrst zurück zu deiner fernen Quelle –
Woher? wohin?
Wer weiß es? – So bewegt der Zeiten Welle
Den leichten Sinn.

Ach! fern, ach fern, wie deine Ätherschwingen,
Entfloh das Glück,
Und deine leichten stillen Flügel bringen
Es nie zurück!

Statt jener Ruhe, die dein Hauch mir sandte,
Verglimmt dein Herz,
Das einst in reger Lebensglut entbrannte,
In stillem Schmerz.

Du kehrst zurück mit himmlischem Gefieder
Im Abendschein,
Und küssest mich mit süßem Atem wieder;
Doch ach! allein!

VERGANGENHEIT

Des Dörfchens Weidenkranz verschwimmt in
grauem Duft,
Am falben Busche weht der Abendhauch;
Die Vögel taumeln träg durch feuchte Luft,
Und durch die Bäume dringt der Hütten Rauch.

Der Tag, der durch der Dünste weißen Flor
Mit trübem Aug der öden Flur gelacht,
Berührt der dunklen Göttin grauses Tor
und senkt sich schweigend in den Schoß der Nacht.

Wo seid ihr hin, ihr Stunden? Wohin trug
So schnell, so rastlos euch der Strom der Zeit?
Ihr weht und woget, und an eurem Flug
Hängt oft des Menschen stille Seligkeit!

Wo ist der Sonnenblick, der durch der Büsche Nacht
Hier goldne Flecken auf dem Rasen wob,
Und meinen Geist mit zauberischer Macht
zu lichten Himmelsahndungen erhob?

Wo blühn die Blumen, die Gefühl und Lust
Mir hier zum lieblichsten der Kränze wand?
Ich sinke still an der Erinnerung Brust,
Und ach! Er liegt verwelkt in ihrer Hand.

ACHIM VON ARNIM
1781–1831

Achim von Arnim (sein wirklicher Vorname war Ludwig Joachim) wurde 1781 in Berlin geboren. Er studierte ab 1798 in Halle und Göttingen Naturwissenschaften und Rechtswissenschaft. Schon damals begann er sich mit eigenen literarischen Arbeiten zu beschäftigen. 1802 schloß er in Göttingen eine Lebensfreundschaft mit Brentano. Nach einer kurzen Auslandsreise durch die Schweiz, Frankreich und einem Aufenthalt in England gab er in Heidelberg zusammen mit Brentano die Volksliedersammlung „Des Knaben Wunderhorn“ heraus, die wesentlich den Charakter der Spätromantik mitbestimmte. Dank Arnim, Brentano und Görres wurde Heidelberg das Zentrum der Spätromantik. 1808 verteilte Arnim an die durchziehenden Truppen des preußischen Generals Blücher „Kriegslieder“, die aus der Sammlung „Des Knaben Wunderhorn“ zusammengestellt waren. 1808–12 ging er nach Berlin, wo er sich der Preußischen Kriegspartei gegen Napoleon anschloß. 1811 heiratete er Brentanos Schwester Bettina. 1813 war er als Hauptmann eines Berliner Landsturmbataillons Redakteur des

„Preußischen Correspondenten". Nach der Niederlage Napoleons lebte er bis zu seinem Tod auf dem Familiengut Wiepersdorf in der Mark, wo er 1831 starb. Er schrieb Romane und Theaterstücke. Am bekanntesten von seinen Erzählungen ist „Der tolle Invalide auf dem Fort Ratonneau".

RITT IM MONDENSCHEIN

Herz zum Herzen ist nicht weit
Unter lichten Sternen,
Und das Aug von Tau geweiht,
Blickt zu lieben Fernen.

Unterm Hufschlag klingt die Welt,
Und die Himmel schweigen;
Zwischen beiden mir gesellt
Will der Mond sich zeigen.

Zeigt sich heut in roter Glut
An dem Erdenrande,
Gleich als ob mit heißem Blut
Er auf Erden lande.

Doch nun flieht er scheu empor,
Glänzt in reinem Lichte,
Und ich scheue mich auch vor
Seinem Angesichte.

*

Mir ist zu licht zum Schlafen,
Der Tag bricht in die Nacht,
Die Seele ruht im Hafen,
Ich bin so froh verwacht.

Ich hauchte meine Seele
Im ersten Kusse aus,
Was ists, daß ich mich quäle,
Ob sie auch fand ein Haus!

Sie hat es wohl gefunden
Auf ihren Lippen schön,
O welche selge Stunden,
Wie ist mir so geschehn!

Was soll ich nun noch sehen,
Ach, alles ist in ihr,
Was fühlen, was erflehen,
Es ward ja alles mir!

Ich habe was zu sinnen,
Ich hab, was mich beglückt;
In allen meinen Sinnen
Bin ich von ihr entzückt.

*

Ja winkt nur, ihr lauschenden Bäume,
Liebäugelt, ihr flimmernden Räume!
Ferne Lieder
Ihr spottet mein,
Fühle wieder,
Wie ich allein,
Es hebet und senket ein Wind
Die Zweige, die Schatten geschwind
Und leget die Wolken von Staub
Aufs grünende, glänzende Laub!

*

Liebend, um geliebt zu werden,
Reis ich um die grüne Erde;
Ach, wo wird der Blick mich finden,

Friedrich Overbeck, Selbstbildnis. Bleistiftzeichnung.

Adrian Ludwig Richter, Ruderer im Kahn auf dem St.-Wolfgang-See. Federzeichnung.

Ferdinand Oliver, Blick auf Salzburg. Bleistiftzeichnung.

Ansicht von Schloß und Stadt Heidelberg. Radierung von Theodor Verhas.

Der mich bindet,
Und an welchem frommen Herde
Bleib ich, um geliebt zu werden?

*

Der Mensch ist bald vergessen,
Der Mensch vergißt so bald,
Der Mensch hat nichts besessen,
Er sterb jung oder alt.

Der Mensch ist bald vergessen,
Nur Gott vergißt uns nicht,
Hat unser Herz ermessen,
Wenn es in Schmerzen bricht.

Wir steigen im Gebete
Zu ihm, wie aus dem Tod,
Sein Hauch, der uns durchwehte,
Tat unserm Herzen not.

BETTINA VON ARNIM
1785–1859

Bettina von Arnim (ihr wirklicher Vorname war Anna Elisabeth), die Schwester Clemens Brentanos, wurde 1785 in Frankfurt geboren. Schon als junges Mädchen verkehrte sie in literarischen Kreisen. Sie war mit Karoline von Günderode befreundet; über Goethes Elternhaus wurde sie 1807 mit Goethe bekannt. 1811 heiratete sie Achim von Arnim. Sie war eine leidenschaftliche Verfechterin der Frauenemanzipation. Sie schrieb zahllose Werke. Am bekanntesten sind „Goethes Briefwechsel mit einem Kinde“ (1835) und „Clemens Brentanos Frühlingskranz“ (1844). Ihre und Achim von Arnims Tochter Gisela, seit 1851 die Gattin Hermann Grimms, schrieb Dramen und Märchen. 1859 starb Bettina Brentano in Berlin.

Auf diesem Hügel überseh ich meine Welt!
Hinab ins Tal, mit Rasen sanft begleitet,
Vom Weg durchzogen, der hinüberleitet,
Das weiße Haus inmitten aufgestellt,
Was ists, worin sich hier der Sinn gefällt?

Auf diesem Hügel überseh ich meine Welt!
Erstieg ich auch der Länder steilste Höhen,
Von wo ich könnt die Schiffe fahren sehen
Und Städte fern und nah von Bergen stolz umstellt,
Nichts ist, was mir den Blick gefesselt hält.

Auf diesem Hügel überseh ich meine Welt!
Und könnt ich Paradiese überschauen,
Ich sehnte mich zurück nach jenen Auen,
Wo deines Daches Zinne meinem Blick sich stellt,
Denn der allein umgrenzet meine Welt!

KAROLINE VON GÜNDERODE
1780–1806

Karoline von Günderode wurde 1780 in Karlsruhe geboren. Seit 1797 als Stiftsdame in Frankfurt, war sie mit den Geschwistern Brentano befreundet. 1806 nahm sie sich als Sechsundzwanzigjährige aus unglücklicher Liebe zu Georg Friedrich Creuzer, Professor der Philologie in Heidelberg, das Leben. Sie schrieb Dramen und Gedichte.

Unter dem Schönen
Preis ich zuerst, dich,
Strömendes Leben!

Wallender Spiegel
Strahlst du zurück nicht
Meine Gestalt mir?

Sieh, und es neiget
Meine Gestalt sich
Liebend dem Himmel!

In unendlicher Tiefe
Ruht er da unten,
Meine Gestalt in ihm!

Heilige Schauer wehen,
Leise Geistersprache!
In die ahnende Seele.

Entsprungen dem Schoß der Nacht,
Aus der Tiefe den Himmel spiegelnd,
Sprich, wohin gehst du?

Entsprungen dem Schoß der Nacht,
Aus der Tiefe den Himmel spiegelnd,
O, wohin geht meine Seele?

*

Ist alles stumm und leer,
Nichts macht mir Freude mehr;
Düfte, sie düften nicht,
Lüfte, sie lüften nicht.
Mein Herz so schwer!

Ist alles öd und hin,
Bange mein Geist und Sinn,
Wollte, nicht weiß ich was;
Jagt mich ohne Unterlaß,
Weiß nicht wohin –

Ein Bild von Meisterhand
Hat mir den Sinn gebannt.
Seit ich das Holde sah,
Ists fern und ewig nah
Mir anverwandt. –

Ein Klang im Herzen ruht,
Der noch erfüllt den Mut,
Wie Flötenhauch ein Wort,
Tönet noch leise fort,
Stillt Tränenflut.

Frühlinges Blumen treu
Kommen zurück aufs neu;
Nicht so der Liebe Glück!
Ach, es kommt nicht zurück,
Schön, doch nicht treu.

Kann Lieb so unlieb sein,
Von mir so fern, was mein?
Kann Lust so schmerzlich sein,
Untreu so herzlich sein? –
O Wonn, o Pein!

Phönix der Lieblichkeit,
Dich trägt dein Fittich weit
Hin zu der Sonne Strahl –
Ach, was ist dir zumal
Mein einsam Leid?

LIEBE

O reiche Armut! Gebend, seliges Empfangen!
In Zagheit Mut! in Freiheit doch gefangen,
In Stummheit Sprache,
Schüchtern bei Tage,
Siegend mit zaghaftem Bangen.

Lebendiger Tod, im Einen selges Leben,
Schwelgend in Not, im Widerstand ergeben,
Genießend schmachten,
Nie satt betrachten,
Leben im Traum und doppelt Leben.

AN CREUZER

Seh ich das Spätrot, o Freund, tiefer erröten im Westen,
Ernsthaft lächelnd, voll Wehmut lächelnd und traurig verglimmen,
O dann muß ich es fragen, warum es so trüb wird und dunkel,
Aber es schweiget und weint perlenden Tau auf mich nieder.

JOSEPH FREIHERR VON EICHENDORFF
1788–1857

Joseph Freiherr von Eichendorff wurde 1788 in Oberschlesien auf Schloß Lubowitz bei Ratibor als Sohn eines reichen Landedelmanns und preußischen Offiziers geboren. Unter seinen Vorfahren sollen sich auch slawische Adlige befinden. Ein Tagebuch Eichendorffs, das er im Alter von zehn Jahren schrieb, gilt als das früheste literarische Dokument, das wir von einem deutschen Dichter besitzen. Schon während seiner Schulzeit schrieb er zahllose Gedichte und Prosastücke. Sein Gedicht „Am Grabe unseres Bruders", das er mit 15 Jahren verfaßte, wurde in einer Zeitung veröffentlicht. 1807/08 Studium der Rechte in Heidelberg, wo er Arnim, Brentano und Görres kennenlernte. 1809 Fortsetzung seines Studiums in Berlin, wo er Freundschaft mit Brentano schloß. 1810 Abschluß des Studiums in Wien. Auch in Wien schließt er sich dem dortigen Kreis der Romantiker an (Friedrich Schlegel, Theodor Körner, der Maler Philipp Veit). 1813–15 dient er als Leutnant in der Schlesischen Landwehr, später in Blüchers Hauptquartier. 1814 heiratet er Luise von Larisch. 1816 Referendar bei der Breslauer Regierung. 1819–44 im Preußischen Staatsdienst – erst in Berlin, dann in Königsberg, wo er „Aus dem Leben eines Taugenichts" beendet. Seit 1831 als Rat im Berliner Kultusministerium. 1841 Geheimer Regierungsrat, 1844 Pensionierung. Bis zu seinem Tod 1857 in Neiße war er literarisch tätig (Romane, Novellen, dramatische Werke, Übersetzungen, Literaturkritiken, Literarhistorische Schriften).

ABSCHIED

O Täler weit, o Höhen,
O schöner, grüner Wald,
Du meiner Lust und Wehen
Andächtger Aufenthalt!
Da draußen, stets betrogen,
Saust die geschäftge Welt,
Schlag noch einmal die Bogen
Um mich, du grünes Zelt!

Wenn es beginnt zu tagen,
Die Erde dampft und blinkt,
Die Vögel lustig schlagen,
Daß dir dein Herz erklingt:
Da mag vergehn, verwehen
Das trübe Erdenleid,
Da sollst du auferstehen
In junger Herrlichkeit!

Da steht im Wald geschrieben
Ein stilles, ernstes Wort
Von rechtem Tun und Lieben,
Und was des Menschen Hort.
Ich habe treu gelesen
Die Worte schlicht und wahr,
Und durch mein ganzes Wesen
Ward's unaussprechlich klar.

Bald werd ich dich verlassen,
Fremd in der Fremde gehn,
Auf buntbewegten Gassen
Des Lebens Schauspiel sehn;
Und mitten in dem Leben
Wird deines Ernst's Gewalt
Mich Einsamen erheben,
So wird mein Herz nicht alt.

SEHNSUCHT

Es schienen so golden die Sterne,
Am Fenster ich einsam stand
Und hörte aus weiter Ferne
Ein Posthorn im stillen Land.
Das Herz mir im Leib entbrennte,
Da hab ich mir heimlich gedacht:
Ach, wer da mitreisen könnte
In der prächtigen Sommernacht!

Zwei junge Gesellen gingen
Vorüber am Bergeshang,
Ich hörte im Wandern sie singen
Die stille Gegend entlang:
Von schwindelnden Felsenschlüften,
Wo die Wälder rauschen so sacht,
Von Quellen, die von den Klüften
Sich stürzen in die Waldesnacht.

Sie sangen von Marmorbildern,
Von Gärten, die überm Gestein
In dämmernden Lauben verwildern,
Palästen im Mondenschein,
Wo die Mädchen am Fenster lauschen,
Wann der Lauten Klang erwacht,
Und die Brunnen verschlafen rauschen
In der prächtigen Sommernacht.

DER GÄRTNER

Wohin ich geh und schaue,
In Feld und Wald und Tal,
Vom Berg hinab in die Aue:
Viel schöne, hohe Fraue,
Grüß ich dich tausendmal.

In meinem Garten find ich
Viel Blumen, schön und fein,
Viel Kränze wohl draus wind ich,
Und tausend Gedanken bind ich
Und Grüße mit darein.

Ihr darf ich keinen reichen,
Sie ist zu hoch und schön,
Die müssen alle verbleichen,
Die Liebe nur ohnegleichen
Bleibt ewig im Herzen stehn.

Ich schein wohl froher Dinge
Und schaffe auf und ab,
Und, ob das Herz zerspringe,
Ich grabe fort und singe
Und grab mir bald mein Grab.

HEIMWEH

Wer in die Fremde will wandern,
Der muß mit der Liebsten gehn,
Es jubeln und lassen die andern
Den Fremden alleine stehn.

Was wisset ihr, dunkle Wipfel,
Von der alten, schönen Zeit?
Ach, die Heimat hinter den Gipfeln,
Wie liegt sie von hier so weit.

Am liebsten betracht ich die Sterne,
Die schienen, wie ich ging zu ihr,
Die Nachtigall hör ich so gerne,
Sie sang vor der Liebsten Tür.

Der Morgen, das ist meine Freude!
Da steig ich in stiller Stund
Auf den höchsten Berg in die Weite,
Grüß dich, Deutschland, aus Herzensgrund!

ABENDLANDSCHAFT

Der Hirt bläst seine Weise,
Von fern ein Schuß noch fällt,
Die Wälder rauschen leise
Und Ströme tief im Feld.

Nur hinter jenem Hügel
Noch spielt der Abendschein –
O hätt ich, hätt ich Flügel,
Zu fliegen da hinein!

DER ABEND

Schweigt der Menschen laute Lust:
Rauscht die Erde wie in Träumen
Wunderbar mit allen Bäumen,
Was dem Herzen kaum bewußt,
Alte Zeiten, linde Trauer,
Und es schweifen leise Schauer
Wetterleuchtend durch die Brust.

DIE NACHT

Nacht ist wie ein stilles Meer,
Lust und Leid und Liebesklagen
Kommen so verworren her
In dem linden Wellenschlagen.

Wünsche wie die Wolken sind,
Schiffen durch die stillen Räume.
Wer erkennt im lauen Wind,
Obs Gedanken oder Träume? –

Schließ ich nun auch Herz und Mund,
Die so gern den Sternen klagen:
Leise doch im Herzensgrund
Bleibt das linde Wellenschlagen.

NACHTS

Ich wandre durch die stille Nacht,
Da schleicht der Mond so heimlich sacht
Oft aus der dunklen Wolkenhülle,
Und hin und her im Tal
Erwacht die Nachtigall,
Dann wieder alles grau und stille.

O wunderbarer Nachtgesang:
Von fern im Land der Ströme Gang,
Leis Schauern in den dunkeln Bäumen –
Wirrst die Gedanken mir,
Mein irres Singen hier
Ist wie ein Rufen nur aus Träumen.

DER EINSIEDLER

Komm, Trost der Welt, du stille Nacht!
Wie steigst du von den Bergen sacht,
Die Lüfte alle schlafen,
Ein Schiffer nur noch, wandermüd,
Singt übers Meer sein Abendlied
Zu Gottes Lob im Hafen.

Die Jahre wie die Wolken gehn
Und lassen mich hier einsam stehn,
Die Welt hat mich vergessen,
Da tratst du wunderbar zu mir,
Wenn ich beim Waldesrauschen hier
Gedankenvoll gesessen.

O Trost der Welt, du stille Nacht!
Der Tag hat mich so müd gemacht,
Das weite Meer schon dunkelt,
Laß ausruhn mich von Lust und Not,
Bis daß das ewge Morgenrot
Den stillen Wald durchfunkelt.

NACHTZAUBER

Hörst du nicht die Quellen gehen
Zwischen Stein und Blumen weit
Nach den stillen Waldesseen,
Wo die Marmorbilder stehen
In der schönen Einsamkeit?
Von den Bergen sacht hernieder,
Weckend die uralten Lieder,
Steigt die wunderbare Nacht,
Und die Gründe glänzen wieder,
Wie du's oft im Traum gedacht.

Kennst die Blume du, entsprossen
In dem mondbeglänzten Grund?
Aus der Knospe, halb erschlossen,
Junge Glieder blühend sprossen,
Weiße Arme, roter Mund,
Und die Nachtigallen schlagen,
Und rings hebt es an zu klagen,
Ach, vor Liebe todeswund,
Von versunknen schönen Tagen –
Komm, o komm zum stillen Grund!

LOCKUNG

Hörst du nicht die Bäume rauschen
Draußen durch die stille Rund?
Lockts dich nicht, hinabzulauschen
Von dem Söller in den Grund,
Wo die vielen Bäche gehen
Wunderbar im Mondenschein,
Und die stillen Schlösser sehen
In den Fluß vom hohen Stein?

Kennst du noch die irren Lieder
Aus der alten, schönen Zeit?
Sie erwachen alle wieder
Nachts in Waldeseinsamkeit,
Wenn die Bäume träumend lauschen
Und der Flieder duftet schwül
Und im Fluß die Nixen rauschen –
Komm herab, hier ists so kühl!

SCHÖNE FREMDE

Es rauschen die Wipfel und schauern,
Als machten zu dieser Stund
Um die halbversunkenen Mauern
Die alten Götter die Rund.

Hier hinter den Myrtenbäumen
In heimlich dämmernder Pracht,
Was sprichst du wirr wie in Träumen
Zu mir, phantastische Nacht?

Es funkeln auf mich alle Sterne
Mit glühendem Liebesblick,
Es redet trunken die Ferne
Wie von künftigem, großem Glück!

DER ALTE GARTEN

Kaiserkron' und Päonien rot,
Die müssen verzaubert sein,
Denn Vater und Mutter sind lange tot,
Was blühn sie hier so allein?

Der Springbrunn plaudert noch immerfort
Von der alten schönen Zeit,
Eine Frau sitzt eingeschlafen dort,
Ihre Locken bedecken ihr Kleid.

Sie hat eine Laute in der Hand,
Als ob sie im Schlafe spricht,
Mir ist, als hätt ich sie sonst gekannt –
Still, geh vorbei und weck sie nicht!

Und wenn es dunkelt das Tal entlang,
Streift sie die Saiten sacht,
Da gibts einen wunderbaren Klang
Durch den Garten die ganze Nacht.

DAS ZERBROCHENE RINGLEIN

In einem kühlen Grunde
Da geht ein Mühlenrad,
Meine Liebste ist verschwunden,
Die dort gewohnet hat.

Sie hat mir Treu versprochen,
Gab mir einen Ring dabei,
Sie hat die Treu gebrochen,
Mein Ringlein sprang entzwei.

Ich möcht als Spielmann reisen
Weit in die Welt hinaus,
Und singen meine Weisen,
Und ziehn von Haus zu Haus.

Ich möcht als Reiter fliegen
Wohl in die wilde Schlacht,
Um stille Feuer liegen
Im Feld bei dunkler Nacht.

Hör ich das Mühlrad gehen,
Ich weiß nicht, was ich will –
Ich möcht am liebsten sterben,
Da wärs auf einmal still!

RUHE DER NACHT

Windsgleich kommt der wilde Krieg geritten,
Durch das Grün der Tod ihm nachgeschritten,
Manch Gespenst steht sinnend auf dem Feld.
Und der Sommer schüttelt sich vor Grausen,
Läßt dic Blätter, schließt die grünen Klausen,
Ab sich wendend von der blutgen Welt.

Prächtig war die Nacht nun aufgegangen,
Hatte alle mütterlich umfangen,
Freund und Feind mit leisem Friedenskuß.
Und, als wollt der Herr vom Himmel steigen,
Hört ich wieder durch das tiefe Schweigen
Rings der Wälder feierlichen Gruß.

IM WALDE

Es zog eine Hochzeit den Berg entlang,
Ich hörte die Vögel schlagen,
Da blitzten viel Reiter, das Waldhorn klang,
Das war ein lustiges Jagen!

Und eh ichs gedacht, war alles verhallt,
Die Nacht bedecket die Runde,
Nur von den Bergen noch rauschet der Wald,
Und mich schauert im Herzensgrunde.

RÜCKKEHR

Mit meinem Saitenspiele,
das schön geklungen hat,
komm ich durch Länder viele
zurück in diese Stadt.

Ich ziehe durch die Gassen,
so finster ist die Nacht,
und alles so verlassen,
hatts anders mir gedacht.

Am Brunnen steh ich lange,
der rauscht fort wie vorher,
kommt mancher wohl gegangen,
es kennt mich keiner mehr.

Da hört ich geigen, pfeifen,
die Fenster glänzten weit,
dazwischen drehn und schleifen
viel fremde, fröhliche Leut.

Und Herz und Sinne mir brannten,
mich triebs in die weite Welt,
es spielten die Musikanten,
da fiel ich hin im Feld.

NACHKLANG

Mir träumt, ich ruhte wieder
Vor meines Vaters Haus
Und schaute fröhlich nieder
Ins alte Land hinaus.
Die Luft mit lindem Spielen
Ging durch das Frühlingslaub,
Und Blütenflocken fielen
Mir über Brust und Haupt.

Als ich erwacht, da schimmert
Der Mond vom Waldesrand.
Im falben Scheine flimmert
Um mich ein fremdes Land.
Und wie ich ringsher sehe,
Die Flocken waren Eis,
Die Gegend war vom Schnee,
Mein Haar vom Alter weiß.

IN DER FREMDE

Aus der Heimat hinter den Blitzen rot
Da kommen die Wolken her,
Aber Vater und Mutter sind lange tot,
Es kennt mich dort keiner mehr.

Wie bald, wie bald kommt die stille Zeit,
Da ruhe ich auch, und über mir
Rauschet die schöne Waldeinsamkeit,
Und keiner mehr kennt mich auch hier.

TODESLUST

Bevor er in die blaue Flut gesunken,
Träumt noch der Schwan und singet todestrunken;
Die sommermüde Erde im Verblühen
Läßt all ihr Feuer in den Trauben glühen;
Die Sonne, Funken sprühend im Versinken,
Gibt noch einmal der Erde Glut zu trinken,
Bis, Stern auf Stern, die Trunkne zu empfangen,
Die wunderbare Nacht ist aufgegangen.

*

Der Kölner Dom. Holzstich.

Oben: Karl Friedrich Schinkel, Dom am Meer. Gemälde.

Rechts: Moritz von Schwind, Die Herzogin von Orléans und der Maler.

Peter von Cornelius, Joseph legt Pharaos Träume aus. Gemälde.

Dein Wille, Herr, geschehe!
Verdunkelt schweigt das Land,
Im Zug der Wetter sehe
Ich schauernd deine Hand.
Oh, mit uns Sündern gehe
Erbarmend ins Gericht!
Ich beug im tiefsten Wehe
Zum Staub mein Angesicht,
Dein Wille, Herr, geschehe!

FRIEDRICH FREIHERR DE LA MOTTE-FOUQUÉ
1777–1843

Friedrich de la Motte-Fouqué wurde 1777 in Brandenburg als Kind französischer Emigranten geboren. 1794 machte er den Rheinland-Feldzug mit. 1813 nahm er als Offizier an zahlreichen Schlachten der Freiheitskriege teil, zuletzt im Rang eines Majors. Nach seinem Abschied aus der Armee (1815) heiratete er Caroline von Briest und zog sich auf das Gut seiner Frau – Nennhausen bei Ratenow – zurück. Nach dem Tod seiner Frau (1831) gab er im Auftrag Friedrich Wilhelms IV. in Berlin die „Zeitung für den deutschen Adel" heraus. Er starb 1843 in Berlin. Fouqué gehört zu jenen Romantikern, welche die Begeisterung für das deutsche Altertum förderten. Sein Märchen „Undine" wird als „Meisterwerk volkstümlich-schlichter Naturmärchendichtung" bezeichnet.

Linde säuseln kühle Lüfte,
Und im süßen Himmelsglanze
Bilden spielend sich zum Kranze
Töne, Worte, Farb' und Düfte.

SCHWERMUT

Was rauscht ihr, grüne Bäume,
So frisch und reich,
Als wehten Jugendträume,
Aus jedem Zweig?

Die Jugend ist verglommen,
Aus Spiel ward Schmerz,
Dazu hat mir entnommen
Mein Lieb ihr Herz.

Ich wollt, ihr rauschet alle
Mir um mein Grab.
Die Welt mit jedem Schalle
Ruft doch: hinab!

ADELBERT VON CHAMISSO
1781–1838

Adelbert von Chamisso (sein wirklicher Vorname war Louis-Charles-Adelaide) wurde 1781 auf Schloß Boncourt in der Champagne geboren. Während der Französischen Revolution emigrierte er mit seinen Eltern nach Berlin. Zuerst Page der Königin Luise, studierte er ab 1801 Philologie und Philosophie. Seit 1804 war er Mitherausgeber des sogenannten „Grünen Musenalmanachs". 1798–1807 in der Preußischen Armee. 1806 nahm er als Offizier am Krieg gegen Napoleon teil. Seit 1807 beschäftigte er sich ausschließlich mit literarischen und wissenschaftlichen Arbeiten. 1811/12 war er Gast von Madame de Staël auf deren Schloß am Genfer See. 1815/18 segelte er mit einer russischen Expedition um die Erde, anschließend wurde er am Botanischen Garten in Berlin angestellt. Durch seine Entdeckung der Manteltiere (Salpen) ist er in die Geschichte der Naturwissenschaft eingegangen. 1838 starb er in Berlin. Er zählt zu den bedeutendsten deutschen Balladendichtern, und sein Märchen „Peter Schlemihls wundersame Geschichte“ (1813) machte ihn in der ganzen Welt berühmt.

Sterne und Blumen, –
Blicke, Atem, –
Töne.
Durch die Räume ziehn,
Ein Ton der Liebe!
Sehnsucht!

Mit verwandten Tönen
Sich vermählen
Glühen,
Nie verhallen,
Und die Blumen,
Und die Sterne lieben.
Gegenliebe!
Sehnsucht!

VERRATENE LIEBE

Da nachts wir uns küßten, o Mädchen,
Hat keiner uns zugeschaut;
Die Sterne, die standen am Himmel,
Wir haben den Sternen getraut.

Es ist ein Stern gefallen,
Der hat dem Meer uns verklagt;
Da hat das Meer es dem Ruder,
Das Ruder dem Schiffer gesagt.

Da sang derselbe Schiffer
Es seiner Liebsten vor;
Nun singens auf Straßen und Märkten
Die Mädchen und Knaben im Chor.

LASS RUHN DIE TOTEN

Es ragt ein altes Gemäuer
Hervor aus Waldesnacht;
Wohl standen Klöster und Burgen
Einst dort in herrlicher Pracht.

Es liegen im kühlen Grunde
Behauene Steine gereiht.
Dort schlummern die Frommen, die Starken,
Die Mächtgen der alten Zeit.

Was kommst du bei nächtlicher Weile
Durchwühlen das alte Gestein?
Und förderst herauf aus den Gräbern
Nur Staub und Totengebein!

Unmächtiger Sohn der Stunde,
Das ist der Zeiten Lauf.
Laß ruhn, laß ruhn die Toten,
Du weckst sie mit Klagen nicht auf!

DAS SCHLOSS BONCOURT

Ich träum als Kind mich zurücke
Und schüttle mein greises Haupt;
Wie sucht ihr mich heim, ihr Bilder,
Die lang ich vergessen geglaubt?

Hoch ragt aus schattgen Gehegen
Ein schimmerndes Schloß hervor;
Ich kenne die Türme, die Zinnen,
Die steinerne Brücke, das Tor.

Es schauen vom Wappenschilde
Die Löwen so traulich mich an;

Ich grüße die alten Bekannten
Und eile den Burghof hinan.

Dort liegt die Sphinx am Brunnen,
Dort grünt der Feigenbaum,
Dort, hinter diesen Fenstern,
Verträumt ich den ersten Traum.

Ich tret in die Burgkapelle
Und suche des Ahnherrn Grab;
Dort ist's, dort hängt vom Pfeiler
Das alte Gewaffen herab.

Noch lesen umflort die Augen
Die Züge der Inschrift nicht,
Wie hell durch die bunten Scheiben
Das Licht darüber auch bricht.

So stehst du, o Schloß meiner Väter,
Mir treu und fest in dem Sinn,
Und bist von der Erde verschwunden,
Der Pflug geht über dich hin.

Sei fruchtbar, o teurer Boden,
Ich segne dich mild und gerührt,
Und seg'n ihn zwiefach, wer immer
Den Pflug nun über dich führt.

Ich aber will auf mich raffen,
Mein Saitenspiel in der Hand,
Die Weiten der Erde durchschweifen
Und singen von Land zu Land.

JUSTINUS KERNER
1786–1862

Justinus Kerner, „der romantischste aller Schwaben“, wurde 1786 in Ludwigsburg geboren. Er studierte in Tübingen Medizin und befreundete sich dort mit Ludwig Uhland. Seit 1811 war er ausübender Arzt in verschiedenen Städten Württembergs. 1813 heiratete er Friederike Ehmann. 1818 ließ er sich endgültig als Arzt und Naturforscher in Weinsberg nieder. Er beschäftigte sich mit Spiritismus und Somnambulismus – mit der „Nachtseite des Lebens“ („Seherin von Prevost“ – „Friederike Hauffe“). Sein großer Freundeskreis war über ganz Deutschland verstreut (Uhland, Schwab, Pocci, Kobell, Alexander v. Württemberg, König Ludwig I. von Bayern). Er starb 1862 in Weinsberg.

DER GRUNDTON DER NATUR

Wenn der Wald im Winde rauscht,
Blatt mit Blatt die Rede tauscht,
Möcht ich gern die Blätter fragen:
Tönt ihr Wonnen? tönt ihr Klagen?

Springt der Waldbach Tal entlang
Mit melodischem Gesang,
Frag ich still in meinem Herzen:
Singt er Wonne? singt er Schmerzen?

Lausch der Äolsharfe nur!
Schmerz ist Grundton der Natur;
Schmerz des Waldes rauschend Singen,
Schmerz – des Baches murmelnd Springen,
Und am meist aus Menschen Scherz
Tönt als Grundton Schmerz, nur Schmerz.

*

Die Straßen, die ich gehe,
So oft ich um mich sehe,
Sie bleiben fremd doch mir.
Herberg, wo ich möcht weilen,
Ich kann sie nicht ereilen.
Weit, weit ist sie von hier.

So fremd mir anzuschauen
Sind diese Städt und Auen.
Die Burgen stumm und tot;
Doch fern Gebirge ragen,
Die meine Heimat tragen:
Ein ewig Morgenrot.

IM WINTER

Als meine Freunde,
Die Bäume, noch blühten,
Rosen und Feuer-
Lilien glühten,
Waren die Menschen
All mir bekannt,
War mir die Erde
Lieb und verwandt.

Jetzt, wo die Freunde,
Die Bäume, gestorben,
Jetzt, wo die Lieben,
Die Blumen, verdorben,
Stehen die Menschen
Kalt auf dem Schnee,
Und was sie treiben,
Macht mir nur weh.

DER SCHÖNSTE ANBLICK

Schön ists, wenn zwei Sterne
Nah sich stehn am Firmament,
Schön, wenn zweier Rosen
Röte ineinander brennt.

Doch in Wahrheit! immer
Ists am schönsten anzusehn:
Wie zwei, so sich lieben,
Selig beieinander stehn.

DER EINSAME

Wohl gehest du an Liebeshand,
Ein überselger Mann;
Ich geh allein, doch mit mir geht,
Was mich beglücken kann.

Es ist des Himmels heilig Blau,
Der Auen Blumenpracht,
Einsamer Nachtigallen Schlag
In alter Wälder Nacht.

Es ist der Wolke stiller Lauf,
Lebendger Wasser Zug,
Der grünen Saaten wogend Meer
Und leichter Vögel Flug.

Du ruhst im zarten Frauenarm,
Am Rosenmund voll Duft;
Einsam geh ich, im Mantel spielt
Die kühle Abendluft.

Es kommt kein Wandrer mehr des Wegs,
Der Vogel ruht im Baum;
Ich schreite durch die düstre Nacht,
In mir den hellsten Traum.

IM GRASE

Wie sichs so wohl im Grase liegt
Bei Kraut und Blumendüften,
Wenn über uns ein Vogel fliegt
In goldnen Himmelslüften.

Da kann man wahrlich denken nicht,
Daß man bald liegen werde
Tief unten ohne Sang und Licht
Bei Wurzeln in der Erde.

Man denkt nur an des Himmels Schein
Und an den Vogel drinnen,
Denkt: Gott wird wohl so gnädig sein,
Daß wir das auch gewinnen.

LUDWIG UHLAND
1787–1862

Ludwig Uhland wurde 1787 in Tübingen geboren, studierte dort die Rechte und wurde Mitbegründer der Burschenschaftsverbindung „Romantica". Uhland war befreundet mit Justinus Kerner und Gustav Schwab. 1810/11 besuchte er Paris. 1811/12 war er Mitarbeiter an Kerners „Poetischem Musenalmanach". 1812–14 arbeitete er am Justizministerium in Stuttgart und ließ sich dann als freier Advokat nieder. Seit 1819 war er Vertreter Tübingens, ab 1826 Vertreter Stuttgarts in der Ständeversammlung. 1829 wurde er Professor für deutsche Sprache und Literatur in Tübingen. 1833 gab er das Lehramt auf, um sich wieder politisch betätigen zu können. Mitglied des württembergischen Landtages. Von 1839 an lebte er als Privatgelehrter in Tübingen. 1848 wurde er Mitglied der Frankfurter Nationalversammlung. Uhland war der Wortführer der schwäbischen Romantik. Eichendorff sagte: „In Uhland kulminierte die romantische Lyrik." Er gilt als der Mitbegründer der germanistischen und romanischen Sprachwissenschaft. Er starb 1862 in Tübingen.

MORGENLIED

Noch ahnt man kaum der Sonne Licht,
Noch sind die Morgenglocken nicht
Im finstern Tal erklungen.

Wie still des Waldes weiter Raum!
Die Vöglein zwitschern nur im Traum,
Kein Sang hat sich erschwungen.

Ich hab mich längst ins Feld gemacht
Und habe schon dies Lied erdacht
Und hab es laut gesungen.

SCHÄFERS SONNTAGSLIED

Das ist der Tag des Herrn!
Ich bin allein auf weiter Flur;
Noch eine Morgenglocke nur,
Nun Stille nah und fern.

Anbetend knie ich hier.
O süßes Graun! Geheimes Wehn!
Als knieten viele ungesehn
Und beteten mit mir.

Der Himmel nah und fern,
Er ist so klar und feierlich,
So ganz, als wollt er öffnen sich.
Das ist der Tag des Herrn!

DIE KAPELLE

Droben stehet die Kapelle,
Schauet still ins Tal hinab,
Drunten singt bei Wies und Quelle
Froh und hell der Hirtenknab.

Traurig tönt das Glöcklein nieder,
Schauerlich der Leichenchor;
Stille sind die frohen Lieder,
Und der Knabe lauscht empor.

Droben bringt man sie zu Grabe,
Die sich freuten in dem Tal.
Hirtenknabe, Hirtenknabe!
Dir auch singt man dort einmal.

FRÜHLINGSGLAUBE

Die linden Lüfte sind erwacht,
Sie säuseln und weben Tag und Nacht,
Sie schaffen an allen Enden.
O frischer Duft, o neuer Klang!
Nun, armes Herze, sei nicht bang!
Nun muß sich alles, alles wenden.

Die Welt wird schöner mit jedem Tag,
Man weiß nicht, was noch werden mag,
Das Blühen will nicht enden.
Es blüht das fernste, tiefste Tal:
Nun, armes Herz, vergiß der Qual!
Nun muß sich alles, alles wenden.

DER WIRTIN TÖCHTERLEIN

Es zogen drei Bursche wohl über den Rhein,
Bei einer Frau Wirtin, da kehrten sie ein.

„Frau Wirtin! Hat Sie gut Bier und Wein?
Wo hat Sie Ihr schönes Töchterlein?“

„Mein Bier und Wein ist frisch und klar.
Mein Töchterlein liegt auf der Totenbahr.“

Und als sie traten zur Kammer hinein,
Da lag sie in einem schwarzen Schrein.

Der erste, der schlug den Schleier zurück
Und schaute sie an mit traurigem Blick:

„Ach! lebtest du noch, du schöne Maid!
Ich würde dich lieben von dieser Zeit.“

Der zweite deckte den Schleier zu
Und kehrte sich ab und weinte dazu:

„Ach! daß du liegst auf der Totenbahr!
Ich hab dich geliebet so manches Jahr.“

Der dritte hub ihn wieder sogleich
Und küßte sie an den Mund so bleich:

„Dich liebt ich immer, dich lieb ich noch heut
Und werde dich lieben in Ewigkeit.“

FRÜHLINGSRUHE

O legt mich nicht ins dunkle Grab,
Nicht unter die grüne Erd hinab!
Soll ich begraben sein,
Lieg ich ins tiefe Gras hinein.

In Gras und Blumen lieg ich gern,
Wenn eine Flöte tönt von fern,
Und wenn hoch obenhin
Die hellen Frühlingswolken ziehn.

GREISENWORTE

Sag nicht mehr: „Guten Morgen! guten Tag!"
Sag immer: „Guten Abend, gute Nacht!"
Denn Abend ist es um mich, und die Nacht
Ist nahe mir; o wäre sie schon da!

Komm her, mein Kind! o du mein süßes Leben!
Nein, komm, mein Kind! o du mein süßer Tod!
Denn alles, was mir bitter, nenn ich Leben,
Und was mir süß ist, nenn ich alles Tod.

FRIEDERIKE SOPHIE CHRISTIANA BRUN
1765–1835

Friederike Brun wurde 1765 in Gräfentonna im Herzogtum Sachsen-Gotha geboren. 1783 heiratete sie den Geheimen Konferenzrat Brun in Kopenhagen und siedelte mit ihm nach Petersburg über. 1801 verbrachte sie auf einer Reise in den Süden mit ihrem Mann zusammen längere Zeit auf dem Schloß der Madame de Staël am Genfer See. Seit 1810 lebte sie in Kopenhagen, wo sie 1835 starb. Sie wurde als Lyrikerin und vor allem als Reiseschriftstellerin bekannt.

ICH DENKE DEIN

Ich denke dein, wenn sich im Blütenregen
Der Frühling malt;
Und wenn des Sommers mild gereifter Segen
In Ähren strahlt.

Ich denke dein, wenn sich das Weltmeer tönend
Gen Himmel hebt,
Und vor der Wogen Wut das Ufer stöhnend
Zurücke bebt.

Dein denk ich, wenn der junge Tag sich golden
Der See enthebt,
An neugebornen, zarten Blumendolden
Der Frühtau schwebt.

Ich denke dein, wenn sich der Abend rötend
Im Hain verliert,
Und Philomelens Klage leise flötend
Die Seele rührt.

Dein denk ich, wenn im bunten Blätterkranze
Der Herbst uns grüßt;
Dein, wenn in seines Schneegewandes Glanze
Das Jahr sich schließt.

Am Hainquell, ach! im leichten Erlenschatten
Winkt mir dein Bild!
Schnell ist der Wald, schnell sind die Blumenmatten
Mit Glanz erfüllt.

Beim trüben Lampenschein, in bittern Leiden,
Gedacht ich dein!
Die bange Seele flehte nah am Scheiden:
„Gedenke mein!“

Ich denke dein, bis wehende Zypressen
Mein Grab umziehn;
Und selbst in Lethes Strom soll unvergessen
Dein Name blühn!

WILHELM MÜLLER
1794–1827

Wilhelm Müller wurde 1794 in Dessau als Sohn eines Schneidermeisters geboren. Er studierte in Berlin Philosophie und war Mitglied der „Berlinischen Gesellschaft für deutsche Sprache". Nach aktiver Teilnahme an den Befreiungskriegen (1813/14) setzte er 1815–1817 sein Studium fort. 1817/1818 lebte er in Berlin. 1819 wurde er Gymnasiallehrer und Bibliothekar in Dessau. Viele seiner Gedichte und Lieder vertonte Franz Schubert in den „Müllerliedern" und in der „Winterreise". 1821–24 erschienen, veranlaßt durch den griechischen Aufstand gegen die Türken, fünf Hefte „Griechenlieder". Seine Begeisterung für Hellas trug ihm den Namen „Griechen-Müller" ein. 1825 erschien eine Übertragung „Neugriechische Volkslieder". Er starb 1827 in Dessau. Außer Gedichten hinterließ er Novellen.

BRÜDERSCHAFT

Im Krug zum grünen Kranze,
Da kehrt ich durstig ein.
Da saß ein Wandrer drinnen
Am Tisch beim kühlen Wein.

Ein Glas war eingegossen,
Das wurde nimmer leer;
Sein Haupt ruht auf dem Bündel,
Als wär's ihm viel zu schwer.

Ich tät mich zu ihm setzen,
Ich sah ihm ins Gesicht,
Das schien mir gar befreundet,
Und dennoch kannt ichs nicht.

Da sah auch mir ins Auge
Der fremde Wandersmann
Und füllte seinen Becher
Und sah mich wieder an.

Hei, was die Becher klangen,
Wie brannte Hand in Hand:
„Es lebe die Liebste deine,
Herzbruder, im Vaterland!“

DER LINDENBAUM

Am Brunnen vor dem Tore
Da steht ein Lindenbaum;
Ich träumt in seinem Schatten
So manchen süßen Traum.

Ich schnitt in seine Rinde
So manches liebe Wort;
Es zog in Freud und Leide
Zu ihm mich immerfort.

Ich mußt auch heute wandern
Vorbei in tiefer Nacht,
Da hab ich noch im Dunkel
Die Augen zugemacht.

Und seine Zweige rauschten,
Als riefen sie mir zu:
Komm her zu mir, Geselle,
Hier findst du deine Ruh!

Die kalten Winde bliesen
Mir grad' ins Angesicht,
Der Hut flog mir vom Kopfe,
Ich wendete mich nicht.

Nun bin ich manche Stunde
Entfernt von jenem Ort,
Und immer hör ichs rauschen:
Du fändest Ruhe dort!

ABSCHIED VOM LEBEN

(Als ich in der Nacht vom 17. zum 18. Juni 1813 schwer verwundet und hilflos in einem Holze lag und zu sterben meinte)

Die Wunde brennt, die bleichen Lippen beben.
Ich fühls an meines Herzens matterm Schlage:
Hier steh ich an den Marken meiner Tage. –
Gott, wie du willst! Dir hab ich mich ergeben. –

Viel goldne Bilder sah ich um mich schweben;
Das schöne Traumbild wird zur Totenklage. –
Mut! Mut! Was ich so treu im Herzen trage,
Das muß ja doch dort ewig mit mir leben!

Und was ich hier als Heiligtum erkannte,
Wofür ich rasch und jugendlich entbrannte,
Ob ichs nun Freiheit, ob ichs Liebe nannte:

Als lichten Seraph seh ichs vor mir stehen; –
Und wie die Sinne langsam mir vergehen,
Trägt mich ein Hauch zu morgenroten Höhen.

LETZTE HOFFNUNG

Hier und da ist an den Bäumen
Noch ein buntes Blatt zu sehn,
Und ich bleibe vor den Bäumen
Oftmals in Gedanken stehn.

Schaue nach dem einen Blatte,
Hänge meine Hoffnung dran;
Spielt der Wind mit meinem Blatte,
Zittr ich, was ich zittern kann.

Ach, und fällt das Blatt zu Boden,
Fällt mit ihm die Hoffnung ab,
Fall ich selber mit zu Boden,
Wein auf meiner Hoffnung Grab.

LEOPOLD SCHEFER
1784–1862

Leopold Schefer wurde 1784 in Muskau/Oberlausitz geboren. 1808–1845 war er Generaldirektor der Besitzungen des Fürsten Hermann Pückler-Muskau. 1816–1821 Reisen in den Orient. Leopold Schefer ist der Schöpfer des berühmten Parkes in Muskau. Er starb dort 1862. Außer zahlreichen Novellen, Romanen und Gedichten hinterließ er Kompositionen.

WIEDERSEHEN DER VERBLÜHTEN GELIEBTEN

Schütte dich zu, schütte dich zu,
Heilige Welt,
Über den Liebenden schütte dich zu!

In dem Geflirr nachdrängender Sonnen,
In dem Gewirr verwandelter Tage
Verblühet die Schöne
Wie deine Rosen!
Wie deine Rosen
Verglühet die Liebe!
Mit Schönheit und Liebe schwindet das Glück,
Und sein Nachtraum: das Unglück, Klage und Leid!

Schütte dich zu, schütte dich zu,
Heilige Welt,
Über den Leidenden schütte dich zu!

ERSTES GEWITTER

In die Blüten,
In die Blätter
Rauscht das erste
Frühlingswetter.
Ruft die erste
Nachtigall,
Aller Blumen
Kelche füllend,
Himmlisch, himmlisch
Zu den Wolken
Aus dem Tal.

Und ich weine
Aus der Fülle
Alter Freuden
In der Stille;
Mir vergebens
Quillst du, Tal,
Säuseln Blüten,
Junge Blätter,
Rufst du himmlisch
Zu den Wolken,
Nachtigall!

Was ich selig
Einst besessen,
Kann die Seele
Nicht vergessen,
Bringst du wieder
Mir nicht, Tal!
Rosenblitzen,
Blütenleuchten
Stürzt verwandelt
Mir in Busen
Bange Qual.

Nehmt mich mit euch,
Wolkenhallen
Zu den alten
Jahren allen!
Wo ihr nachzieht,
Wolken all!
Ach, ihr laßt mich
Bei den neuen
Blütenbüschen
Hier im Rauschen
Tief im Tal.

Doch nicht vorwärts
Ist das Alte,
Nicht ist rückwärts
Das Verwallte,
Nirgend, nirgend
Überall!
Wo die Schmerzen
Sind, im Herzen
Lebt es ruhend,
Wie der Glocke
Jeder Hall.

FRIEDRICH RÜCKERT
1788–1866

Friedrich Rückert wurde 1788 in Schweinfurt geboren, studierte 1805–1809 in Würzburg und Heidelberg Rechtswissenschaft, Philosophie und Philologie. 1811 wurde er Professor der Philologie in Jena. 1812 Gymnasiallehrer in Hanau. Als begeisterter Anhänger der Befreiungskriege – wegen seiner zarten Gesundheit konnte er nicht aktiv an den Feldzügen teilnehmen – schrieb er 1813 die „Geharnischten Sonette". 1815 Redakteur am „Morgenblatt" von Cotta. 1818 reiste er im Auftrag Cottas zusammen mit Wilhelm Müller durch Italien. Nach seiner Rückkehr begann er mit Übersetzungen orientalischer Dichtungen und schrieb eigene Gedichte in orientalischen Formen. 1826 Professor für orientalische Sprachen in Erlangen, „einer der ersten Orientalisten in Europa". 1841–1848 Professor in Berlin, dann ab 1848 auf seinem Gut in Neuses bei Coburg, wo er 1866 starb. Rückert war ein Sprachgenie. Er hinterließ außer seinen Übersetzungen und Nachdichtungen indischer, arabischer, hebräischer, persischer, indischer und chinesischer Poesie auch ein großes Werk eigener Dichtungen und Schriften – vor allem Lyrik.

AMARYLLIS

Amara, bittre, was du tust ist bitter,
Wie du die Füße rührst, die Arme lenkest,
Wie du die Augen hebst, wie du sie senkest,
Die Lippen auftust oder zu, ists bitter.

Ein jeder Gruß ist, den du schenkest, bitter,
Bitter ein jeder Kuß, den du nicht schenkest;
Bitter ist, was du sprichst und was du denkest,
Und was du hast, und was du bist, ist bitter.

Voraus kommt eine Bitterkeit gegangen,
Zwo Bitterkeiten gehn dir zu den Seiten,
Und eine folgt den Spuren deiner Füße.

O Du mit Bitterkeiten rings umfangen,
Wer dächte, daß mit all den Bitterkeiten
Du doch mir bist im innern Kern so süße!

KINDERTOTENLIED

Du bist ein Schatten am Tage
Und in der Nacht ein Licht;
Du lebst in meiner Klage
Und stirbst im Herzen nicht.

Wo ich mein Zelt aufschlage,
Da wohnst du bei mir dicht;
Du bist mein Schatten am Tage
Und in der Nacht mein Licht.

Wo ich auch nach dir frage,
Find ich von dir Bericht,
Du lebst in meiner Klage
und stirbst im Herzen nicht.

Du bist ein Schatten am Tage
Und in der Nacht ein Licht;
Du lebst in meiner Klage
Und stirbst im Herzen nicht.

*

Du bist mein Mond, und ich bin deine Erde;
Du sagst, du drehest dich um mich.
Ich weiß es nicht, ich weiß nur, daß ich werde
In meinen Nächten hell durch dich.

Du bist mein Mond, und ich bin deine Erde;
Sie sagen, du veränderst dich.
Allein du änderst nur die Lichtgebärde
Und liebst mich unveränderlich.

Du bist mein Mond, und ich bin deine Erde;
Nur mein Erdenschatten hindert dich,
Die Liebesfackel stets am Sonnenherde
Zu zünden in der Nacht für mich.

HERBSTHAUCH

Herz, nun so alt und noch immer nicht klug,
Hoffst du von Tagen zu Tagen,
Was dir der blühende Frühling nicht trug,
Werde der Herbst dir noch tragen!

Läßt doch der spielende Wind nicht vom Strauch,
Immer zu schmeicheln, zu kosen.
Rosen entfaltet am Morgen sein Hauch,
Abends verstreut er die Rosen.

Läßt doch der spielende Wind nicht vom Strauch,
Bis er ihn völlig gelichtet.
Alles, o Herz, ist ein Wind und ein Hauch,
Was wir geliebt und gedichtet.

RÜCKERTS LETZTES GEDICHT

Verwelkte Blume,
Menschenkind,
Man senkt gelind
Dich in die Erde
Hinunter.

Dann wird ob dir
Der Rasen grün,
Die Blumen blühn
Und du blühst
Mitten drunter.

GEORG FRIEDRICH DAUMER
1800–1875

Georg Friedrich Daumer wurde 1800 in Nürnberg geboren. Er studierte in Erlangen und Leipzig Theologie und Philologie. Bis 1830 war er Professor am Gymnasium in Nürnberg. Wegen Kränklichkeit pensioniert, widmete er sich von da an seinen literarischen Arbeiten. Er war der Erzieher Kaspar Hausers. 1859 trat er zum katholischen Glauben über. Er übersetzte unter anderem „Die Lieder des Hafis“. Er starb 1875 in Würzburg. Er hinterließ auch eine Reihe religionsphilosophischer Schriften.

Die Liebste ging vor mir vorbei
Und wandt ihr Auge nicht zu mir –
Mein Leben ging mit ihr vorbei,
Die Seele meines Seins mit ihr.

*

Nicht mehr zu dir zu gehen,
Beschloß ich und beschwor ich,
Und gehe jeden Abend,
Denn jede Kraft und jeden Halt verlor ich.

Ich möchte nicht mehr leben,
Möcht augenblicks verderben,
Und möchte doch auch leben
Für dich, mit dir, und nimmer, nimmer sterben.

Ach rede, sprich ein Wort nur,
Ein einziges, ein klares!
Gib Leben oder Tod mir,
Nur dein Gefühl enthülle mir, dein wahres!

*

Das Äthermeer, das nächtige,
Erglänzet in des Mondes hehrem Glanze;
Schon blicket er, der prächtige,
Durchs dunkle Laub als goldne Pomeranze.

Es streuet ihm die Lilie
Weihrauch empor; es hangt an ihm bezaubert
Bülbül, die tonkunstmächtige,
Und grüßet ihn mit ihrer süßen Stanze.

Doch ach, wie stolz erhebt er sich,
Damit er nie zu Hoffnungen, zu schönen,
Die Sängerin berechtige,
Und nie die stille, liebevolle Pflanze! –

Du bist der Mond, die Lilie
Ist mein Gemüt und Nachtigall die Lippe,
Die dir umsonst andächtige
Gebete weiht die Sommernacht, die ganze.

VERZEICHNIS DER GEDICHTANFÄNGE

STICHWORTVERZEICHNIS